Carlo Goldoni

Il vero amico

The True Friend

con testo originale
in parallel text

Sparkling Books

Visit our website www.sparklingbooks.com for further information.

See website for information about performance licences for the English translation.

Pubblicato nel 2009 da Sparkling Books Ltd.

This edition first published 2009 by Sparkling Books Ltd.

The Italian text is taken from: Carlo Goldoni, *Tutte le opere*, a cura di Giuseppe Ortolani, Mondadori, Milano, 1935.

1.11a LS

Authorised Representative: Easy Access System Europe - Mustamae tee 50, 10621 Tallinn, Estonia gpsr.requests@easproject.com

ISBN   978-1-907230-01-1

E-book ISBN   978-1-907230-34-9

Carlo Goldoni

Carlo Goldoni was born in Venice in 1707. He studied Law in Pavia but was soon expelled from his College for having written a satirical tract about the people of Pavia. He continued his legal studies in Modena and finally graduated in Law in Padova. He started to practise in Chioggia but soon abandoned the profession in favour of the theatre. Goldoni had an extremely prolific theatrical career spanning over sixty years. He died in Paris in 1793.

The Translator

Anna Cuffaro graduated in English from the University of London, Goldsmiths College, and has been a teacher of English and Italian as well as a translator.

"This play [Il vero amico] is one of my favourites and I have had the greatest pleasure in seeing that the audience is of my opinion".

From *Memoirs* - Chapter X - Carlo Goldoni's autobiography

Introduction

The True Friend is a mixture of comic wit and farce. In the play, Goldoni explores the conflicts brought about when Florindo has to choose between Lelio, his best friend, and Rosaura, his best friend's fiancée. Added to this conundrum are the issues of whether Ottavio, the old miser, will provide a dowry and, Beatrice's (Lelio's aunt) unashamed incessant pursuit of Florindo.

The play is set in Bologna in Lelio's house. Florindo is a guest along with his faithful manservant. From the opening of the play, Florindo seeks to return home to Venice in order not to damage his friend's relationship. However, his departure is obstructed, time and again, by his hosts, leading to one complication after another.

From the beginning, the plot is intense and fast-moving with inversions fed into the action in quick succession. This creates suspense which continues throughout the play as potential marriage partners are switched back and forth until the very ending when the audience finally discovers what the main characters' destiny will be. Will love or friendship prevail?

The Venetian element is brought into this play through Florindo and his manservant, both Venetians. Apart from these two characters, all the others are portrayed as self-seeking, selfish and sly - whether servants or masters. The tension is kept at a constantly high level by the struggles between the characters. These struggles are not just brought about through love and friendship but are also generational and social. Furthermore, there is the added complication in the contrast of the characters' ideas of reality as they deceive one another. This creates dramatic irony and humour as the audience know more than any of the characters on stage.

Anna Cuffaro

IL VERO AMICO

COMMEDIA

DI TRE ATTI IN PROSA

*Rappresentata per la prima volta in Venezia
il Carnevale dell'anno 1750.*

Personaggi

FLORINDO, amico e ospite di LELIO

OTTAVIO, vecchio avaro, padre di ROSAURA

ROSAURA, destinata sposa di LELIO

COLOMBINA, sua cameriera

TRAPPOLA, servitore d'OTTAVIO

TRIVELLA, servo di FLORINDO

LELIO, destinato sposo a ROSAURA

BEATRICE, di età avanzata, zia di LELIO ed amante di FLORINDO

La scena si rappresenta in Bologna.

THE TRUE FRIEND

A COMEDY

IN THREE ACTS IN PROSE

First produced in Venice for the Carnival of 1750.

Dramatis Personae

FLORINDO, friend and guest of LELIO

OTTAVIO, elderly miser, father of ROSAURA

ROSAURA, intended bride of LELIO

COLOMBINA, her maid

TRAPPOLA, OTTAVIO's butler

TRIVELLA, FLORINDO's servant

LELIO, intended husband of ROSAURA

BEATRICE, advanced in years, LELIO's aunt and in love with FLORINDO

The action takes place in Bologna.

ATTO PRIMO

SCENA I

Camera in casa di Lelio.

Florindo *solo passeggia, pensa, e poi dice.*

Sì, vi vuol coraggio: bisogna fare un'eroica risoluzione. L'amicizia ha da prevalere; ed alla vera amicizia bisogna sagrificare le proprie passioni, le proprie soddisfazioni, e ancora la vita stessa, se è necessario.

Ehi, Trivella. *(chiama)*

SCENA II

Trivella *e detto.*

TRIVELLA. Signore.

FLORINDO. Presto, metti insieme la mia roba, va' alla posta, e ordina un calesse per mezzo giorno.

TRIVELLA. Per dove? se la domanda è lecita.

FLORINDO. Voglio tornare a Venezia.

TRIVELLA. Così improvvisamente? L'è successo qualche disgrazia? Ha ella avuto qualche cattivo incontro?

FLORINDO. Per adesso non ti dico altro. Per viaggio ti conterò tutto.

TRIVELLA. Caro signor padrone, perdoni, se un servitore a troppo si avanza; ma ella sa la mia fedeltà, e si ricordi che il suo signore zio, in questo viaggio, che le ha accordato di fare, mi ha dato l'onore di servirla, come antico di casa, ed ha avuto la bontà di dire che si fidava unicamente di me, e che alla mia fedel servitù appoggiava le sue speranze. La supplico per amor del cielo di farmi partecipe del motivo della sua risoluzione, acciò possa assicurare il suo signore zio, che una giusta ragione l'ha indotto a partire in una maniera che darà certamente da mormorare.

ACT ONE

SCENE I

Scene. A room in Lelio's house.

Florindo *is alone. He paces the room in a pensive mood and then speaks:*

Yes, one must be armed with fortitude. An heroic solution must be found. Friendship must prevail, and to true friendship one must sacrifice one's passion, one's happiness and even one's own life, if necessary.

(Calls). Ah, Trivella!

SCENE II

Enter **Trivella**.

TRIVELLA. Sir.

FLORINDO. Quick, gather my belongings, go to the post-stage and order a gig for midday.

TRIVELLA. Where to? If I'm allowed to ask.

FLORINDO. I wish to return to Venice.

TRIVELLA. So suddenly? Has some instance of bad luck come upon you? Have you stumbled upon someone disagreeable?

FLORINDO. For the time being, I'll say no more. I'll tell you all about it during the journey.

TRIVELLA. My dear master, forgive me if, as a servant, I venture too far; but you know I'm worthy of trust. You no doubt remember that, for this trip, your esteemed signor uncle gave you his consent and me the honour of serving you, on the grounds of my long service at your household. He had the goodness to state that I was the only person he could rely on, and that he entrusted you to my faithful servitude. I pray you, for goodness' sake, to acquaint me with the reason for your discomfort, so that I may assure your signor uncle, that a sound cause is at the root of your hasty departure. If we leave now, it will certainly give rise to rumours.

FLORINDO. Caro Trivella, il tempo passa, e non lo posso perdere in farti un lungo discorso per parteciparti i motivi della partenza. Questa volta contentati di fare a mio modo. Va ad ordinare questo calesse.

TRIVELLA. Sanno questi signor, dei quali è ospite, che vuol andar via?

FLORINDO. Non lo sanno, ma in due parole glielo dico, mi licenzio, li ringrazio, e parto.

TRIVELLA. Che vuol ella che dicano di questa improvvisa risoluzione?

FLORINDO. Dirò, che una lettera di mio zio mi obbliga a partire subito.

TRIVELLA. Dispiacerà alla signora Beatrice, che Vossignoria vada via...

FLORINDO. La signora Beatrice merita ogni rispetto, ed io la venero come zia di Lelio; ma nell'età sua avanzata la sua passione è ridicola, e m'incomoda infinitamente.

TRIVELLA. Ma dispiacerà più al signor Lelio...

FLORINDO. Sì, Lelio è il più caro amico, ch'io m'abbia. Per amor suo son venuto a Bologna. A Venezia l'ho tenuto e l'ho trattato in casa mia come un fratello; ed a lui ho giurato una perfetta amicizia. - Adesso sono in casa sua; vi sono stato quasi un mese, e vorrebbe che vi stessi ancora; ma non mi posso più trattenere. - Presto, Trivella, vai ad ordinare il calesse.

TRIVELLA. Ma aspetti almeno che il signor Lelio ritorni a casa.

FLORINDO. Non vi è in casa presentemente?

TRIVELLA. Non vi è.

FLORINDO. Dove mai sarà?

TRIVELLA. Ho sentito dire che sia andato a far vedere un anello alla signora Rosaura, che ha da essere la sua sposa.

FLORINDO. (Ah! pazienza.) Via, non perdiamo tempo. Presto va' alla posta; mezzo giorno sarà poco distante.

TRIVELLA. Oh! Vi mancheranno più di tre ore. Se vuole, può andare a ritrovare il signor Lelio in casa della signora Rosaura.

FLORINDO. Dear Trivella, time gallops, and I cannot waste it in lengthy discussion about the reasons for my departure. Just for this time, be satisfied that I have acted upon my own good judgment. Go, order that gig.

TRIVELLA. Do the lady and gentleman of whom you are a guest know of your departure?

FLORINDO. They do not know, yet. I'll inform them succinctly, bid them goodbye, thank them and leave.

TRIVELLA. What do you suppose they'll say about your sudden decision?

FLORINDO. I'll say a letter from my uncle forces me to leave immediately.

TRIVELLA. Signora Beatrice will be upset by my master's departure…

FLORINDO. Signora Beatrice is worthy of my respect, and I hold her in reverence in the capacity of Lelio's aunt; but owing to her advanced age, her passion for me is ridiculous and embarrasses me infinitely.

TRIVELLA. But signor Lelio will be more upset than…

FLORINDO. Yes, Lelio is the dearest friend I have. It was for him, I came to Bologna. When he was my guest in my house in Venice, I treated him like a brother, and I swore true friendship to him. Now here I am in his house. I've been here nearly one month and he wants me to stay on, but I cannot remain. Quick, Trivella, go and order that gig.

TRIVELLA. But at least wait for signor Lelio to return home.

FLORINDO. Is he not at home now?

TRIVELLA. No, he isn't.

FLORINDO. Wherever can he be?

TRIVELLA. I heard that he has gone to show signora Rosaura a ring because she is to be his bride.

FLORINDO. (Aside). Ah, patience! (To Trivella). Go, waste no time. Quick, to the post-stage; it must be nearly midday.

TRIVELLA. Oh! It's three hours away. If you wish, you can go and visit signor Lelio at signora Rosaura's house.

FLORINDO. Non ho tempo, non mi posso fermare.

TRIVELLA. Per dirla, quella signora le ha fatto delle gran finezze: in verità sembrava innamorata di Vossignoria.

FLORINDO. Oh cielo! Trivella, oh cielo! non mi tormentar d'avvantaggio.

TRIVELLA. Come? Che vuol ella dire?

FLORINDO (*smaniando*). Questo calesse per carità.

TRIVELLA. Che cosa sono queste smanie? Diventa di cento colori. La signora Rosaura le fa sentire i vermini?

FLORINDO. Via, via, meno ciarle. Quando il padrone comanda, si ha da obbedire.

TRIVELLA (*con serietà; in atto di partire*). Perdoni.

FLORINDO. Dove vai?

TRIVELLA (*come sopra*). Ad ordinare il calesse.

FLORINDO. Vieni qui.

TRIVELLA. Eccomi.

FLORINDO. Ti raccomando una buona sedia.

TRIVELLA. Se la vi sarà.

FLORINDO. Se vedi il signor Lelio, digli che vado via.

TRIVELLA. Sarà servita.

FLORINDO. Dove lo cercherai?

TRIVELLA. Dalla sua sposa.

FLORINDO. Dalla signora Rosaura?

TRIVELLA. Dalla signora Rosaura.

FLORINDO. (*patetico*). Se la vedi, dille ch' io la riverisco.

FLORINDO. I don't have time. I can't stay.

TRIVELLA. To tell you the truth, signora Rosaura has shown the most courteous manners in your presence. In truth, she seemed in love with you, sir.

FLORINDO. Oh, heavens! Trivella, oh, heavens! Don't torment me further.

TRIVELLA. How? What do you mean?

FLORINDO. *(Restlessly)*. The gig, for goodness' sake.

TRIVELLA. Why do you have the fidgets? You keep changing colour! Signora Rosaura has a strange effect on you.

FLORINDO. Away, away, less tittle-tattle. When a master gives orders, they must be carried out.

TRIVELLA. *(Gravely, as he starts to leave)*. Forgive me.

FLORINDO. Where are you going?

TRIVELLA. To order the gig.

FLORINDO. Come here.

TRIVELLA. At your command.

FLORINDO. I exhort you, get one with a good seat.

TRIVELLA. If there is one…

FLORINDO. If you see signor Lelio, inform him of my departure.

TRIVELLA. Of course.

FLORINDO. Where will you look for him?

TRIVELLA. At his bethrothed's house.

FLORINDO. At signora Rosaura's?

TRIVELLA. At signora Rosaura's.

FLORINDO. *(Pathetically)*. If you see her, tell her I am indebted to her.

TRIVELLA. Le ho da dir che va via?

FLORINDO. No.

TRIVELLA. No?

FLORINDO. Sì, sì...

TRIVELLA. Come vuole che dica?

FLORINDO. Dille... No, no, non le dir niente.

TRIVELLA. Dunque vuol partire senza che lo sappia?

FLORINDO. Bisognerebbe... - Vien la signora Beatrice.

TRIVELLA. Come m'ho da contenere?

FLORINDO. Ferma; non andare in nessun luogo.

TRIVELLA. Non lo vuol più il calesse?

FLORINDO. Il calesse sì, subito.

TRIVELLA. Ma dunque...

FLORINDO. Via, non mi tormentare.

TRIVELLA. (Ho paura che il mio padrone sia innamorato della signora Rosaura, e che, per non far torto all'amico, si risolva di andarsene.) (*parte*)

SCENA III

Florindo *solo.*

Non partirò senza veder l'amico. Aspetterò che torni e l'abbraccerò. - Ma anderò via senza veder Rosaura? Senza darle un addio? - Sì, queste due diverse passioni bisogna trattarle diversamente. L'amicizia va coltivata con tutta la possibile delicatezza. L'amore va superato colla forza e colla violenza. - Ecco la signora Beatrice, voglio dissimular la mia pena, mostrarmi allegro per non far sospettare.

TRIVELLA. Should I tell her of your departure?

FLORINDO. No.

TRIVELLA No?

FLORINDO. Yes, yes...

TRIVELLA. What should I say?

FLORINDO. Tell her... No, no, don't say anything.

TRIVELLA. So you want to leave without her knowing?

FLORINDO. We should... Signora Beatrice is coming.

TRIVELLA. What stance should I take?

FLORINDO. Stand still; don't go anywhere.

TRIVELLA. Don't you want the gig any more?

FLORINDO. The gig, yes, quickly.

TRIVELLA. So...

FLORINDO. Now go, don't torment me.

TRIVELLA. *(Aside).* I am afraid my master is in love with signora Rosaura and that, so as not to harm his friend, he has resolved to leave. *(He leaves).*

SCENE III

Florindo *alone.*

I shall not leave without seeing my friend. I shall await his return and embrace him. But shall I leave without seeing Rosaura? Without bidding goodbye? Yes, these two different passions must be treated differently. Friendship must be cultivated through great tact. Love must be overcome with strength and great force. Here is signora Beatrice; I must conceal my suffering and appear cheerful so as not to arouse suspicion.

SCENA IV

Beatrice *e detto.*

BEATRICE. Ben levato il signor Florindo.

FLORINDO. Servitore umilissimo, signora Beatrice; appunto desiderava di riverirla.

BEATRICE. Che cosa avete da comandarmi?

FLORINDO. Ho da supplicarla di condonare il lungo incomodo, che le ho recato, ringraziarla di tutte le finezze, che ella s'è degnata di farmi, e pregarla di darmi qualche comando per Venezia.

BEATRICE. Come? A Venezia?

FLORINDO. A momenti: ho mandato ad ordinare la posta.

BEATRICE. Voi scherzate.

FLORINDO. In verità elle è cosi, signora.

BEATRICE. Ma perché questa repentina risoluzione?

FLORINDO. Una lettera di mio zio mi obbliga a partir immediatamente.

BEATRICE. Lo sa mio nipote?

FLORINDO. Non gliel'ho detto ancora.

BEATRICE. Egli non vi lascerà partire.

FLORINDO. Spero che non m'impedirà il farlo.

BEATRICE. Se mio nipote vi lascia andare, farò io ogni sforzo per trattenervi.

FLORINDO. Non so che dire. Ella parla in una maniera, che non capisco. - Per qual ragione mi vuol trattenere?

BEATRICE. Ah! Signor Florindo, non è più tempo di dissimulare. Voi conoscete il mio cuore, voi sapete la mia passione.

SCENE IV

Enter **Beatrice**.

BEATRICE.   Good morning, signor Florindo.

FLORINDO.   Your humble servant, signora Beatrice. I wish to pay my respects to you.

BEATRICE.   For what reason did you summon me?

FLORINDO.   I entreat you to excuse the inconvenience I have caused during my long stay, and I thank you for the kind consideration you have shown towards me. It will be with great pleasure that I shall see to anything you might need from Venice.

BEATRICE.   What? In Venice? When?

FLORINDO.   Any moment now. I have sent for a gig.

BEATRICE.   You can't be serious.

FLORINDO.   It is the truth, signora.

BEATRICE.   But why all this sudden haste?

FLORINDO.   A letter from my uncle bids me to go home immediately.

BEATRICE.   Does my nephew know?

FLORINDO.   I haven't told him yet.

BEATRICE.   He will not allow you to leave.

FLORINDO.   I hope he will not prevent me from doing so.

BEATRICE.   If my nephew allows you to leave, I shall personally do everything in my power to detain you here.

FLORINDO.   I'm at a loss for words. You speak in a manner I don't understand. For what reason do you wish to detain me here?

BEATRICE.   Oh, signor Florindo! The time for pretence is over. You know my heart, you know my passion.

13

FLORINDO. Ella mi fa una finezza, che io non merito.

BEATRICE. E siete in obbligo di corrispondere all'amor mio.

FLORINDO. Questo è quello che mi pare un poco difficile.

BEATRICE. Sì, siete in obbligo di corrispondermi. Una donna che ha superato il rossore, ed ha svelato l'arcano dell'amor suo, non merita di essere villanamente trattata.

FLORINDO. Io non l'ho obbligata a parlare.

BEATRICE. Ho taciuto un mese, ora non posso più.

FLORINDO. Se ella taceva un mese ed un giorno, non era niente.

BEATRICE. Io non mi pento di aver parlato.

FLORINDO. No? Perché?

BEATRICE. Perché mi lusingo che mi amerete ancor voi.

FLORINDO. Signora, sono in necessità di partire.

BEATRICE. Ecco mio nipote.

FLORINDO. Arriva in tempo. Più presto mi licenzio, più presto parto.

SCENA V

Lelio *e detti.*

LELIO. Amico, ho inteso dal vostro servo una nuova, che mi sorprende. Voi volete partire? Voi volete lasciarmi?

FLORINDO. Caro signor Lelio, se mi amate, lasciatemi andare.

LELIO. Non so che dire, mi converrà lasciarvi partire.

BEATRICE (*a Lelio*). E avete voi la debolezza di lasciarlo andare? Sapete perché ci lascia? Per una vana delicatezza. Diss'egli a me: è un mese, ch'io son ospite in casa

14

FLORINDO. You make advances I don't deserve.

BEATRICE. You must requite my love.

FLORINDO. That's exactly what I find slightly difficult.

BEATRICE. Yes, you must requite my love. A woman who has passed blushing age and opens her heart up to her beloved, doesn't deserve to be treated villainously.

FLORINDO. I did not prompt you to speak.

BEATRICE. I've held my tongue for a month, and now I can no more.

FLORINDO. If you had held your tongue for a month and a day, it could hardly have taken much more effort.

BEATRICE. I do not regret having spoken.

FLORINDO. No? Why?

BEATRICE. Because I take the liberty of believing you may love me yet.

FLORINDO. Signora, I must leave.

BEATRICE. Here is my nephew.

FLORINDO. He has arrived just in time. The sooner I bid him farewell, the sooner I shall be able to leave.

SCENE V

Enter **Lelio**.

LELIO. My friend, I've just heard the most surprising news from your servant. You want to leave? You want to leave me?

FLORINDO. Dear signor Lelio, if you love me, let me go.

LELIO. I do not know what to say. I had better let you leave.

BEATRICE. *(To Lelio).* And are you weak enough to let him go? Do you know why he is leaving us? For excessive civility. He told me that he has been our guest for a

vostra, è tempo che vi levi l'incomodo. - Eh! che fra gli amici non si tratta così. Due mesi, quattro mesi, un anno, siete padrone di casa nostra: non è egli vero?

LELIO.   Sì, il mio caro Florindo, questa è casa vostra. Restatevi, ve ne prego. Non mi fate questo torto di credere d'incomodarmi. Di voi, lo vedete, non prendomi soggezione.

FLORINDO.   Lo vedo, lo so benissimo; ma compatitemi, bisogna che vada via.

LELIO.   Non so che dire.

BEATRICE   (*a Lelio*). Fate che egli dica il perché.

LELIO.   Perché, caro amico, volete voi andar via?

FLORINDO.   Perché mio zio sta male assai, e voglio andare a Venezia avanti che muoia.

LELIO.   Non vi so dar il torto.

BEATRICE.   Oh! Vedete. Ecco una bugia. Ha detto a me che lo chiamava a Venezia una lettera di suo zio, ed ora dice che suo zio sta per morire.

FLORINDO.   Avrò detto che ho d'andare per una lettera, che tratta di mio zio.

BEATRICE.   Non mi cambiate le carte in mano.

FLORINDO. È così, l'assicuro.

BEATRICE.   Mostrate questa lettera, e vedremo la verità.

FLORINDO.   Il signor Lelio mi crede senza mostrare la lettera, senza addur testimoni.

BEATRICE.   Lo vedete il bugiardo? Lo vedete? Vuol andar via, perché è annoiato di star con noi.

LELIO (*a Florindo*). Possibile che la mia amicizia vi arrechi noia?

FLORINDO.   Caro amico, mi fate torto a parlare così.

BEATRICE.   Signor Florindo, prima di partire, spero almeno, che vi lascerete da me vedere.

month now, and it is time he took his leave. Friends cannot treat each other so. Two months, four months, one year, what's the difference? You are master in our house. Isn't that true?

LELIO.   Yes, my dear Florindo, this is your home. Stay, I beseech you. Don't do me the wrong of believing you are the cause of inconvenience. You see, I am totally at ease in your presence.

FLORINDO.   I can see that. Yes, I know that very well; but bear with me, I must leave.

LELIO. I'm at a loss for words.

BEATRICE.   *(To Lelio).* You must coax the reason out of him.

LELIO.   My dear friend, what is the reason for your sudden departure?

FLORINDO. My uncle is very ill, and I wish to see him again before he dies.

LELIO.   I completely sympathise with you.

BEATRICE.   Oh, you see it's a lie! He told me his uncle wrote asking him to return to Venice, and now he says that his uncle is dying.

FLORINDO.   I must have said the letter was about my uncle and that it beckoned me back.

BEATRICE.   Do not change the facts.

FLORINDO.   It is as I say, I can assure you.

BEATRICE.   Show us the letter, and we'll see if it is true.

FLORINDO.   Signor Lelio believes me without seeing the letter, without my having to bring evidence.

BEATRICE.   Don't you see, he is a liar? Don't you see? He wants to leave because he has become bored with our company.

LELIO.   *(To Florindo).*   Can it be possible that our friendship bores you?

FLORINDO.   Dear friend, you wrong me by speaking so.

BEATRICE.   Signor Florindo, before leaving, I hope you'll at least let me speak to you in private.

FLORINDO. Ha ella da comandarmi qualche cosa?

BEATRICE. Sì, ho da pregarvi d'un affar per Venezia.

FLORINDO. Avanti di partire riceverò i suoi comandi.

BEATRICE. (Se mi riesce di parlar seco un'altra volta con libertà, spero che si arrenderà all'amor mio, e non mi saprà dire di no.)

SCENA VI

Florindo e Lelio.

FLORINDO. Caro signor Lelio, è necessario, come io vi dicevo, che vada via, e sarà un segno di vera amicizia, se mi lascerete partire senza farmi maggior violenza.

LELIO. Non so che dire: andate dunque, se così vi aggrada. Ma di una grazia volevo pregarvi.

FLORINDO. Ed io prometto di compiacervi.

LELIO. Aspettate a partire fino a domani.

FLORINDO. Non posso dirvi di no. Ma certo mi sarebbe più caro partir adesso.

LELIO. No, partirete domani. Oggi ho bisogno di voi.

FLORINDO. Comandatemi. - In che vi posso servire?

LELIO. Sapete ch'io devo sposare la signora Rosaura.

FLORINDO. (Ah lo so purtroppo!)

LELIO. A voi son note le indigenze della mia casa, spero di accomodarmi colla sua dote. Ma, oltre l'interesse, mi piace, perché è una giovane bella e graziosa.

FLORINDO. (Mi fa morire.)

LELIO. Che dite, non è egli vero? Non è una bellezza particolare? Non è uno spirito peregrino?

FLORINDO.   Do you need to ask me a favour?

BEATRICE.   Yes, I wish to ask you about some business in Venice.

FLORINDO.   I shall no doubt comply with your wishes before I leave.

BEATRICE.   *(Aside)*. If I can speak to him again in private, he may well surrender to my fervent love. He won't be able to say no. *(She leaves)*.

SCENE VI

Florindo *and* Lelio.

FLORINDO.   Dear signor Lelio, as I was saying, it is necessary for me to leave. It would be a sign of true friendship, if you allowed me to leave without further ado.

LELIO.   I'm at a loss for words. Go, if you so please. But I wish to ask you a favour first.

FLORINDO.   I'm at your complete disposal.

LELIO.   Please wait until tomorrow before leaving.

FLORINDO.   I can't refuse your request. However, it would be far better if you allowed me to leave now.

LELIO.   No, please wait until tomorrow. I need your presence here today.

FLORINDO.   I cannot refuse you anything. What can I do for you?

LELIO.   You know that I shall soon marry signora Rosaura.

FLORINDO.   *(Aside)*. Ah! I do know, unfortunately.

LELIO.   You know how poverty-stricken my family is. I hope to make amends with Rosaura's dowry. But, of course, apart from that, I like her because she's young, beautiful and charming.

FLORINDO.   *(Aside)*. He'll be the death of me!

LELIO.   What do you say? Is it not so? Is she not of extraordinary beauty? Is she not of rare spirit?

FLORINDO. (Ah me infelice!)

LELIO. Come! Non l'approvate? Non è ella bella?

FLORINDO. Sì, è bella.

LELIO. Ella mostrò d'amarmi, e per qualche tempo pareva che fosse di me contenta. Ma sono parecchi giorni, che, cambiatasi meco, più non mi dice le solite amorose parole, e mi tratta freddamente.

FLORINDO. (Ah! Temo d'essere io la causa di questo male.)

LELIO. Io ho procurato destramente rilevar da' suoi labbri la verità; ma non mi è stato possibile.

FLORINDO. Eh via, caro amico; parrà a voi che non vi voglia bene. Le donne sono soggette anch'esse a qualche piccola stravaganza. Hanno delle ore, in cui tutto viene loro in fastidio. Bisogna conoscerle, bisogna sapersi regolare; secondarle, quando sono di buona voglia, e non inquietarle, quando sono di cattivo umore.

LELIO. Dite bene. Le donne sono volubili.

FLORINDO. Le donne sono volubili? E noi altri che cosa siamo? Ditemi caro amico; vi siete mai trovato in faccia dell'amorosa senza volontà di parlare? Perché volete che la ragazza sia sempre di un umore? Perché volete che rida, mentre avrà qualche cosa che la disturba?

LELIO. Orsù, fatemi un piacere, andate voi dalla signora Rosaura; procurate che cada il discorso sulla persona mia...

FLORINDO. Caro Lelio, vi supplico a dispensarmi; dalla signora Rosaura non ho piacere d'andarvi.

LELIO. Come! Partirete voi senza congedarvi da una casa, in cui siete stato quasi ogni giorno in conversazione? Il padre di Rosaura è pur vostro amico.

FLORINDO. La mia premura di partire è grande; onde prego voi di far le mie parti.

LELIO. Ma se partite domani, avete tempo di farlo da voi medesimo.

FLORINDO. Bisognerebbe che partissi ora.

LELIO. Mi avete promesso di aspettare a domani.

FLORINDO. (*Aside*). Ah, unhappy me!

LELIO. What? You do not approve? Is she not beautiful?

FLORINDO. Yes, she is beautiful.

LELIO. She seemed to love me, and for some time she seemed quite happy with me. However, she has of late changed her attitude towards me. She no longer indulges in her usual love-talk, and treats me with much coldness.

FLORINDO. (*Aside*). Ah! I'm afraid I'm the cause of that calamity.

LELIO. I have tried my utmost to coax the truth from her lips, but to no avail.

FLORINDO. Well, dear friend, it may seem to you that she does not love you. Women have their moods, too. There are times when everything is a nuisance to them. One needs to understand them, one needs to know how to interpret their behaviour. We must comply with them, when they are in good spirits; and not cross them, when they are of ill humour.

LELIO. You are right. Women are inconstant.

FLORINDO. Women are inconstant? And what about us? Tell me, dear friend, have you ever found yourself face to face with your beloved without the will to speak? Why! Do you want your lady in possession of only one humour? Why! Do you want her to laugh when something bothers her?

LELIO. Come, do me a favour. Go to signora Rosaura. Make sure that the conversation touches upon me…

FLORINDO. Dear Lelio, please spare me this. I do not have pleasure in going to visit signora Rosaura.

LELIO. What! Would you leave without paying your respects to a household you have been to nearly every day of your stay here. Furthermore, Rosaura's father is your friend.

FLORINDO. My urgency in leaving is great, so I beg you to go in my stead.

LELIO. But if you leave tomorrow, you'll have time to go personally.

FLORINDO. I should leave now.

LELIO. You promised me you would wait until tomorrow.

FLORINDO. Sì, starò qui con voi; ma non ho voglia di complimentare.

LELIO. Voi mi fate pensare che per qualche mistero non vogliate riveder Rosaura.

FLORINDO. Che cosa potete voi pensare? Sono un uomo d'onore, son vostro amico, e mi fate torto giudicando sinistramente di me.

LELIO. Dubito che qualche dispiacere abbiate ricevuto dal di lei padre.

FLORINDO. Basta; non so niente. Domani vado via, e la serata la passeremo qui fra di noi.

LELIO. Il signor Ottavio, padre di Rosaura, è un uomo sordido, un avaro indiscreto, un uomo che per qualche massima storta d'economia, non ha riguardo a disgustare gli amici.

FLORINDO. Sia com'esser si voglia, egli è vecchio, non ha altro che quell'unica figlia, e se risparmia, risparmia per voi.

LELIO. Ma se egli ha fatto a voi qualche torto, voglio che mi senta. Chi offende il mio amico, offende me medesimo.

FLORINDO. Via, non mi ha fatto niente.

LELIO. Se così è, andiamo a ritrovarlo.

FLORINDO. Fatemi questo piacere, se mi volete bene, dispensatemi.

LELIO. Dunque vi avrà fatto qualche dispiacere la signora Rosaura.

FLORINDO. Quella fanciulla non è capace di far dispiacere a nessuno.

LELIO. Se così è, non vi è ragione in contrario. Andiamo in questo punto a vederla.

FLORINDO. Ma no, caro Lelio...

LELIO. Amico, se più ricusate, mi farete sospettare qualche cosa di peggio.

FLORINDO. (Non vi è rimedio; bisogna andare.)

LELIO. Che cosa mi rispondete?

FLORINDO. Yes, I'll stay with you, but I have no wish for conversation.

LELIO. You make me think, that you do not wish to see Rosaura for some mysterious reason.

FLORINDO. What on earth are you thinking of? I am a man of honour, I am your friend. You wrong me in thinking me dishonourable.

LELIO. I doubt that her father could have thrown you in such disorder.

FLORINDO. That is enough, I don't know. Tomorrow I shall leave, and we shall all spend this evening together.

LELIO. Signor Ottavio, Rosaura's father, is a treacherous unrepentant miser. A man who has no shame in tiring friends about a slight hitch in his finances.

FLORINDO. Whatever his character, he is elderly and has only that one daughter, and if he saves money, he saves it for you.

LELIO. But if he has done you wrong, I'll personally have words with him. Whoever offends a friend of mine, offends me.

FLORINDO. Come, he has done me no wrong.

LELIO. In that case, we shall go and call on him.

FLORINDO. If you are fond of me, please do me the favour of excusing me from that.

LELIO. So! It is signora Rosaura who has caused you displeasure?

FLORINDO. That young lady could not cause anyone displeasure.

LELIO. In that case, you have no reason for refusing. Let us go and see her straightaway.

FLORINDO. But no, dear Lelio…

LELIO. Friend, if you object any further, you will make me suspect something worse.

FLORINDO. *(Aside).* I have no choice; I must go.

LELIO. What is your answer?

FLORINDO. Che ho la testa confusa, che adesso non ho voglia di discorrere; ma che per compiacervi, verrò dove voi volete.

LELIO. Andiamo dunque; ma prima sentite che cosa voglio da voi.

FLORINDO. Dite dunque che cosa volete?

LELIO. Voglio che destramente rileviate l'animo della signora Rosaura, che facciate cadere il discorso sopra di me, che se ha qualche mala impressione de' fatti miei, cerchiate di disingannarla; ma se avesse fissato di non volermi amare, voglio che le diciate per parte mia, che chi non mi vuol, non mi merita.

FLORINDO. Io per questa sorta di cose non sono buono.

LELIO. Ah! So quanto siete franco e brillante in simili congiunture. Io non ho altro amico più fidato di voi. Prima di partire da me dovete farmi questa finezza. Ve la domando per quell'amicizia che a me professate; né posso credere, che vogliate lasciarmi col dispiacere di credere, che non mi siate più amico.

FLORINDO. Andiamo dove vi aggrada, farò tutto ciò che volete. (Qui bisogna crepare, non vi è rimedio.)

LELIO. Andiamo; vi farò scorta fino alla casa, poi vi lascerò in libertà di discorrere.

FLORINDO. (Misero me! Come farò io a resistere?)

LELIO. Da voi aspetto la quiete dell'animo mio. Le vostre parole mi daranno consiglio. A norma delle vostre insinuazioni, o lascerò d'amare Rosaura, o procurerò d'accelerare le di lei nozze. (*parte*)

FLORINDO. Le mie parole, le mie insinuazioni saranno sempre da uomo onesto. Sagrificherò il cuore, trionferà l'amicizia. (*parte*)

FLORINDO. That I am confused, that I have no wish to discuss this further but that, to please you, I will go wherever you lead me.

LELIO. So let us go. But, first, listen to what I want from you.

FLORINDO. So tell me, what is it?

LELIO. I would like you to watch signora Rosaura's moods carefully. Turn the conversation toward me. If her impression of me is negative, seek to correct that view. But if she is fixed on not loving me, I want you to tell her, on my behalf, that whoever does not want me, does not deserve me.

FLORINDO. I am not fit for that kind of task.

LELIO. Oh, I know how frank and brilliant you can be in similar situations. I have no other friend as trustworthy as you. Before leaving, you must do me this favour. I ask it of you in the name of the friendship you claim to have for me. I can't believe that you wish to leave me with the unpleasant idea that you are no longer my friend.

FLORINDO. We shall go wherever you please. I shall do whatever you want. (*Aside*). I'll die on the spot. There is no other way out.

LELIO. Let's go. I'll accompany you as far as the house, then I'll leave so that you can speak freely to her.

FLORINDO. (*Aside*). Woe is me! How shall I resist?

LELIO. I expect my peace of mind to come from you. Your opinion will lead me to either leave off loving Rosaura altogether, or seek to hasten marriage with her. (*He leaves*).

FLORINDO. (*Aside*). My words, my advice will constantly be those of an honest man. I'll sacrifice my heart; friendship will triumph. (*He leaves*).

SCENA VII

Camera in casa di Ottavio.

Ottavio, *poi* Trappola.

OTTAVIO. (*va raccogliendo da terra tutte le minute cose che trova*)

Questo pezzo di carta sarà buono per involgervi qualche cosa. Questo spago servirà per legare un sacchetto. In questa casa tutto si lascia andar a male. Se non fossi io che abbadassi a tutto, povero me!

TRAPPOLA. (*camminando forte con una sporta in mano*)

OTTAVIO. Va' piano, va' piano, bestia, che tu non rompi l'uova.

TRAPPOLA. Lasci ch'io vada a fare il desinare, acciò non si consumi il fuoco.

OTTAVIO. Asinaccio, chi t'ha insegnato accendere il fuoco così per tempo? Io l'ho spento, ed ora lo tornerai ad accendere.

TRAPPOLA. Sia maledetta l'avarizia!

OTTAVIO. Sì, sì, avarizia! Se non avessi un poco d'economia, non si mangerebbe come si fa. - Vien qui: hai fatto buona spesa?

TRAPPOLA. Ho girato tutta Bologna per aver l'uova a mezzo baiocco l'uno.

OTTAVIO. Gran cosa! Tutto caro, tutto caro. Non si può vivere. - Quante ne hai prese?

TRAPPOLA. Quattro baiocchi.

OTTAVIO. Quattro baiocchi? Che diavolo abbiamo a fare d'otto uova?

TRAPPOLA. In quattro persone è veramente troppo.

OTTAVIO. Un uovo per uno si mangia e non più.

TRAPPOLA. E se n'avanza, vanno a male?

OTTAVIO. Possono cadere, si possono rompere. Quel maledetto gatto me ne ha rotte dell'altre.

TRAPPOLA. Le metteremo in una pentola.

SCENE VII

Scene. A room in Ottavio's house.

Enter **Ottavio**.

OTTAVIO. (*He is picking up every little thing he finds from the floor*)

This piece of paper will come in handy when something needs wrapping. This string will be of use when a bag needs tying. If it were not for me, everything would be left to go to waste in this house. Poor me!

Enter TRAPPOLA walking quickly with a bag in his hand

OTTAVIO. Slow down, slow down, you brute, you'll break those eggs.

TRAPPOLA. Let me go and cook them before the fire dies down.

OTTAVIO. You ass, whoever taught you to light a fire long before it is needed? I put it out, and now you can go and light it again.

TRAPPOLA. Damned avarice!

OTTAVIO. Yes, yes, avarice! If it were not for my frugality, we wouldn't eat as well as we do. Come here. Did you get everything?

TRAPPOLA. I've been all round Bologna to get eggs at half a baiocco each.

OTTAVIO. Grand thing! Everything is so expensive, so expensive. I can't make ends meet anymore. How many did you buy?

TRAPPOLA. Four baiocchi's worth.

OTTAVIO. Four baiocchi! What the devil shall we do with eight eggs?

TRAPPOLA. Really too many for four people.

OTTAVIO. We'll have one egg each and no more.

TRAPPOLA. If any are left over, will they go to waste?

OTTAVIO. They could be dropped, they could break. That damned cat has already broken some.

TRAPPOLA. We'll put them in a pot.

OTTAVIO.   E se si rompe la pentola, si rompono tutte. No, no, le metterò io nella cassa della farina dove non correranno pericolo. Lasciami veder quelle uova.

TRAPPOLA.   Eccole qua.

OTTAVIO.   Uh ignorante! Non sai spendere, sono piccole, non le voglio assolutamente; portale indietro ch'io non le voglio.

TRAPPOLA.   Sono delle più grosse che si trovino.

OTTAVIO.   Delle più grosse? Quelle che passano per quell'anello son piccole e non le voglio.

TRAPPOLA.   (Oh avaro maledetto! Anche la misura dell'uova?)

OTTAVIO.   Questo passa, questo non passa, questo non passa, questo passa, questo passa, questo non passa, questo passa e questo non passa. Quattro passano e quattro non passano. Queste le tengo (*se le pone nella veste da camera*) e queste portale indietro.

TRAPPOLA.   Ma come ho da fare a trovar i contadini che le hanno vendute?

OTTAVIO.   Pensaci tu, ch'io non le voglio. Ma come le porterai? Se le porti in mano, le romperai. Mettile nella sporta.

TRAPPOLA.   Nella sporta vi è l'altra roba.

OTTAVIO.   Altra roba? Che cosa c'è?

TRAPPOLA.   L'insalata.

OTTAVIO.   Oh! Sì, sì l'insalata; quanta ne hai presa?

TRAPPOLA.   Un baiocco.

OTTAVIO.   Basta mezzo. Dà qui la metà e l'altra portala indietro.

TRAPPOLA.   Non la vorranno più indietro.

OTTAVIO.   Portala che ti venga la rabbia.

TRAPPOLA.   Ma come ho da fare?

OTTAVIO.   And what if the pot breaks, they'll break, too. No, no, I'll put them in the flour bin where there's no danger of their breaking; let me see them.

TRAPPOLA.   Here they are.

OTTAVIO.   You ignoramus! You squander money! They're so small. I definitely don't want them. Take them back, I don't want them.

TRAPPOLA.   They're the biggest I could find.

OTTAVIO.   The biggest? Those which pass through this ring are small, and I don't want them.

TRAPPOLA.   *(Aside)*. Damned miser! He even checks the size of eggs!

OTTAVIO.   This one goes through, this one doesn't, this one doesn't, this one does, this one does, this one doesn't, this one does, and this one doesn't. Four go through and four don't. I'll keep these and you take the others back. *(He puts them in the pocket of his dressing-gown)*.

TRAPPOLA.   How on earth will I find the peasants who sold them to me?

OTTAVIO.   That's up to you; I don't want them. But how are you going to carry them? If you put them in your hands, you'll break them. Put them in the bag.

TRAPPOLA.   There's other food in the bag.

OTTAVIO.   What other food? What is it?

TRAPPOLA.   Salad.

OTTAVIO.   Oh, yes, yes, salad! How much did you buy?

TRAPPOLA.   One baiocco's worth.

OTTAVIO.   Half would have been enough. Give me half and take the rest back.

TRAPPOLA.   They won't take it back.

OTTAVIO.   Take it back and then drop dead.

TRAPPOLA.   But how do I go about it?

OTTAVIO. Dà qui la metà nel mio fazzoletto. (*cava il fazzoletto e gli cadono l'uova e si rompono*). Oimè, oimè! (*Trappola ride*) Tu ridi eh, mascalzone? Ridi delle disgrazie del tuo padrone? Quell'uova valevano due baiocchi. Sai tu che cosa siano due baiocchi? Il denaro si semina come la biada, e all'uomo di giudizio un baiocco frutta tanti baiocchi, quanti granelli in una spia produce un grano. Povere quattro uova! Poveri due baiocchi!

TRAPPOLA. Queste quattro le ho io da riportare indietro?

OTTAVIO. Ah! bisognerà tenerle per mia disgrazia.

TRAPPOLA. Vado ad accendere il fuoco.

OTTAVIO. Avverti, non consumar troppa legna.

TRAPPOLA. Per quattro uova poco fuoco vi vuole.

OTTAVIO. (*osservando quelle in terra*) Quattro e quattro otto.

TRAPPOLA. (Povero sciocco! Dopo che abbiamo fatto far quella chiave del granaio, si vende grano, e si sta da principi.) (*parte*)

SCENA VIII

Ottavio *solo.*

Gran disgrazia è la mia! In casa non ho nessuno che mi consoli. Mia figlia è innamorata, non pensa che a maritarsi e mi converrà maritarla, e mi converrà strapparmi un pezzo di cuore e darle in dote una parte di quei denari che mi costano tanti sudori. - Povero me! Come potrà mai essere ch'io ardisca diminuire il mio scrigno per maritare una figlia? - Oh! dove sono quei tempi antichi, ne' quali i padri vendevano le figliuole, e quanto erano più belle, gli sposi le pagavano più care. In quest'unico caso potrei chiamarmi felice, e dire che la bellezza di Rosaura fosse una fortuna per me; ma ora è la mia fatale disgrazia. Se non la marito presto, vi saranno de' guai. E poi mi voglio levare questa spesa d'intorno. Tante mode, tanti abiti; non si può durare. Farò uno sforzo, la mariterò. - Povero scrigno, ti castrerò, sì, ti castrerò. - Oh! avessero fatto così di me, che ora non piangerei per dar la dote alla figlia. - Eccola. Aspetto qualche stoccata al povero mio borsellino.

OTTAVIO.   Place half of it here in my handkerchief *(In taking the handkerchief out of his pocket, the eggs fall out and break).* Oh, no! Oh, no! *(Trappola laughs).* You're laughing, are you, you scoundrel? Are you laughing at your master's misfortune? Those eggs were worth two baiocchi. Do you know how much two baiocchi are? Money is sewn, like wheat, and to a sensible man one baiocco will yield as many baiocchi as an ear of corn yields seeds. My poor four eggs! My poor two baiocchi!

TRAPPOLA.   Should I take these four back?

OTTAVIO.   Ah! Unfortunately, we'll have to keep them.

TRAPPOLA.   I'll go and light the fire.

OTTAVIO.   I warn you, don't burn too many logs.

TRAPPOLA.   We won't need much heat for four eggs.

OTTAVIO.   *(He looks down at the eggs on the floor).* Four and four are eight.

TRAPPOLA.   *(Aside).* Poor fool! After we had the key of the granary door duplicated, we've sold so much corn that we now live like princes. *(He leaves).*

SCENE VIII

Ottavio *alone.*

Great misfortune is mine! No-one in this house has any sympathy for me. My daughter's in love and thinks of nothing but marriage. It is in my interest to marry her off. I had better tear out a piece of my heart and give her, as part of her dowry, some of that money which has been the cause of so much sweat. Poor me! Where on earth can I find the courage in me to take money out of my coffer for my daughter's wedding? Oh! Where have the old days gone when fathers sold their daughters, and the more beautiful they were, the more a father was paid. In my case, I could have called myself a happy man, and said that Rosaura's beauty had been my prosperity. But, nowadays, it is the worst misfortune. If she doesn't marry soon, I'll have problems. And, then, I want to get these expenses over and done with. All these fashions, all these clothes, I can't take it any longer. I'll make the effort, I'll marry her off. Oh, my poor coffer! I'll have to castrate you, yes, I'll castrate you! Oh! If only they had done that to me, I wouldn't be moaning about my daughter's dowry. Here she comes. I expect she'll want to give my poor purse a prod.

SCENA IX

Rosaura *e detto.*

ROSAURA.   Signor padre, il cielo vi dia il buon giorno.

OTTAVIO.   Oh! Figliuola, i giorni buoni sono per me finiti.

ROSAURA.   Per qual ragione?

OTTAVIO.   Perché non si guadagna più un soldo. Ogni giorno si spende, e si va in rovina.

ROSAURA.   Ma perdonatemi, tutta Bologna vi decanta per uomo ricco.

OTTAVIO.   Io ricco? Io ricco? Il cielo te lo perdoni; il cielo faccia cader la lingua a chi dice male di me.

ROSAURA.   A dir che siete ricco, non dicono male di voi.

OTTAVIO.   Anzi non possono dir peggio. Se mi credono ricco, mi insidieranno la vita, non sarò sicuro in casa. La notte i ladri mi apriranno le porte. - Oh cielo! Mi converrà duplicare le serrature, accrescere i chiavistelli, metterci delle stanghe.

ROSAURA.   Piuttosto, se avete timore, prendete in casa un altro servitore.

OTTAVIO.   Un altro servitore? Un altro ladro, un altro traditore, volete dire; non abbiamo appena da viver per noi.

ROSAURA.   Per quel ch'io sento, voi siete miserabile.

OTTAVIO.   Pur troppo è la verità.

ROSAURA.   Dunque come farete a maritarmi e darmi la dote?

OTTAVIO.   Questo è quello che non mi lascia dormir la notte.

ROSAURA.   Come! Mi porrete voi in disperazione?

OTTAVIO.   No, il caso non è disperato.

ROSAURA.   Ma la mia dote vi sarà, o non vi sarà?

SCENE IX

*Enter **Rosaura.***

ROSAURA. Signor father, may heaven grant you a good day.

OTTAVIO. Oh, daughter! Good days are over for me.

ROSAURA. For what reason?

OTTAVIO. Because there's no more profit to be made. Money is spent every day in this house, and we shall all go to ruin.

ROSAURA. Forgive me, but everyone in Bologna sings your riches.

OTTAVIO. I, rich? I, rich? May heaven forgive you; may heaven make the tongues of those who speak ill of me fall out.

ROSAURA. To say you are rich is not to speak ill of you.

OTTAVIO. Indeed, they do. They could not speak worse of me. If they consider me rich, they'll lay traps down for me, and I'll not be safe in my own home. Thieves will break in my doors. Oh, heavens! I had better have the locks and bolts doubled, and have cross-bars placed across the doors.

ROSAURA. Rather, if you are afraid, employ another servant in the house.

OTTAVIO. Another servant? Another thief, another traitor, you mean. We have just enough to live on for ourselves.

ROSAURA. From what you are telling me, I'm to gather that you are poor.

OTTAVIO. Unfortunately, it's the truth.

ROSAURA. Therefore, how will you pay for my wedding and provide me with a dowry?

OTTAVIO. That is exactly what keeps me from sleeping at night.

ROSAURA. What! Are you going to drive me to despair?

OTTAVIO. No, it's not a hopeless case.

ROSAURA. But, will I, or won't I, have a dowry?

OTTAVIO. Ah! Vi sarà. (*sospirando*)

ROSAURA. Devono essere ventimila scudi.

OTTAVIO. Taci, non me lo rammentare, che mi sento morire.

ROSAURA. Il cielo vi faccia vivere lungo tempo; ma dopo la vostra morte io sarò la vostra unica erede.

OTTAVIO. Erede di chi? Che cosa speri di ereditare? Per mettere insieme ventimila scudi mi converrà vendere tutto quello che ho al mondo; resterò miserabile, anderò a domandar l'elemosina. Ereditare? Da me ereditare? Via, disgraziata, per la speranza di ereditare, prega il cielo che muora presto tuo padre; ammazzalo tu stessa per la speranza di ereditare. Infelicissimi padri! Se son poveri, i figliuoli non vedono l'ora che crepino, per liberarsi dall'obbligo di mantenerli; se sono ricchi, bramano la loro morte pel desiderio di ereditare. Io son povero, non ho denari. Rosaura mia, non isperar niente dopo la mia morte; sono miserabile, te lo giuro.

ROSAURA. Ma ditemi, in grazia, che cosa vi è in quello scrigno incassato nel muro, che tenete serrato con tre chiavi, e lo visitate due volte il giorno?

OTTAVIO. Io scrigno?... Che scrigno?... È una cassaccia di ferro antica di casa... Tre chiavi? Se è sempre aperta... La visito due volte al giorno? - Oh malizia umana! oh donne, che sempre pensate al male! - Vi tengo dentro i miei fazzoletti, le poche mie camicie, e altre cose, che non mi è lecito dire; cose, che mi abbisognano in questa mia vecchia età. - Io scrigno? Io denari? - Per amor del cielo, non lo dire a nessuno. - Povero me! utti mi augureranno la morte. - Non è vero, non ho scrigno, non ho denari. (Manco male, che non sa nulla dello scrigno dell'oro, che tengo sotto il mio letto.) - Non ho scrigno, non ho denari. (*parte*)

OTTAVIO. *(Sighing)*. Ah! You will have one.

ROSAURA. It must be of twenty-thousand escudoes.

OTTAVIO. Silence, don't remind me. The sound of it makes me want to die.

ROSAURA. May heaven grant you a long life, but I shall be your sole heir after your death.

OTTAVIO. Heir of what? What do you hope to inherit? In order to put together twenty-thousand escudoes, I would have to sell everything I have in the world; I would be destitute, I would have to beg for alms. Inherit? Inherit from me? Away, wretched girl! In the hope of inheriting everything I have, you pray to heaven for your father to die soon. Kill him yourself since you yearn for his inheritance. Unhappy fathers! If they are poor, their off-spring can't wait for their death so as to free themselves from the obligation of keeping them; and if fathers are rich, sons and daughters long for their death because they crave after their estate. I am poor, I don't have any money. Dear Rosaura, don't expect anything after my death; I am destitute, I swear it.

ROSAURA. But tell me, pray, what does that coffer set in the wall contain? You lock it up with three sets of locks and keys and visit it twice daily.

OTTAVIO. I, a coffer...? What coffer...? It's an old iron chest which came with the house of... Three locks and keys? But it's always open... I visit it twice daily? Oh, human malice! Oh, women, you always think the worst! In it I keep my handkerchieves, my few shirts and other things, that I can't tell you about; just things I need in this old age of mine. I, a coffer? I, money? For heaven's sake don't tell anyone. Poor me! Everyone will wish me dead. It's not true. I have no coffer, I have no money. *(Aside)*. It is just as well that she doesn't know about the coffer under my bed containing gold. *(To Rosaura)* I have no coffer, I have no money. *(He leaves)*.

SCENA X

Rosaura *sola.*

Povero vecchio! Si crede ch'io non sappia tutto. Nello scrigno vi è denaro in gran copia, e questo ha da essere tutto mio. Ma quando sarò padrona, quando sarò ricca, sarò io contenta? Oimè! che la mia contentezza non dipende dall'abbondanza dell'oro: ma dalla pace del cuore. - Questa pace l'avrò io con Lelio? No, certamente; un tempo mi compiacqui d'amarlo, ora mi trovo quasi astretta a doverlo odiare. - Ma perché? Perché mai tal cambiamento nel mio cuore? - Ah! Florindo, ah graziosissimo Veneziano! Tu hai prodotta in me quest'ammirabile mutazione. Da che ti ho veduto, mi sentii ardere al tuo bel fuoco. In un mese ch'io ti tratto, ogni dì più mi accendesti. A te ho donato il cuor mio, e ogni altro oggetto mi sembra odioso, e odioso più di tutti mi è quello che tenta violentare l'affetto mio. - Quel Lelio, che era una volta la mia speranza, ora è divenuto il mio tormento, la mia crudele disperazione.

SCENA XI

Colombina *e detta.*

COLOMBINA. Signora padrona.

ROSAURA. Che cosa vuoi?

COLOMBINA. È qui il signor Florindo.

ROSAURA. È solo?

COLOMBINA. Lo ha accompagnato sino alla scala il signor Lelio, il quale poi se n'è andato, ed il Veneziano è rimasto solo.

ROSAURA. Presto, fallo passare.

COLOMBINA. Egli è in sala, che parla con vostro padre.

ROSAURA. Sì, mio padre lo vede volentieri, perché gli fa dei regaletti.

COLOMBINA. Sentiva che ora lo pregava mandargli da Venezia due para d'occhiali, e un vaso di mostarda.

ROSAURA. Ma che? Parte forse il signor Florindo?

SCENE X

Rosaura *alone.*

Poor old man! He thinks I don't know about all his money. In the coffer there is a great amount of money, and it'll all be mine. But when I am the owner, when I am rich, will I be happy? Oh, dear! My happiness does not depend on great amounts of gold but on my heart being at peace. Will I find that peace in Lelio? Certainly not. Once it pleased me to love him, and now I find myself nearly obliged to hate him. But why? Why ever has there been this change of heart in me? Oh, Florindo! Oh, charming Venetian! You have produced this delightful alteration in me. From the first time I saw you, I was set ablaze by your ardent fire. In the month I have known you, day by day you have inflamed me more and more. I've given my heart to you and everything else appears hateful to me, and more hateful than anything else is he who seeks to violate my affection. That Lelio, who was once my expectation, has now become my torment, my cruel desperation.

SCENE XI

Enter **Colombina**.

COLOMBINA. Signora mistress.

ROSAURA. Yes, what is it?

COLOMBINA. Signor Florindo is here.

ROSAURA. Is he alone?

COLOMBINA. Signor Lelio accompanied him as far as the stairs and then he went leaving the Venetian on his own.

ROSAURA. Quick, show him in.

COLOMBINA. He's in the drawing-room speaking to your father.

ROSAURA. Yes, my father receives him with pleasure because Florindo brings him gifts.

COLOMBINA. I overheard your father asking Florindo to send him two pairs of glasses and a jar of fruit pickle from Venice.

ROSAURA. But how? Is signor Florindo leaving?

COLOMBINA. Mi pare certamente, che abbia preso congedo.

ROSAURA. (Oh me infelice! Questo sarebbe per me un colpo mortale.)

COLOMBINA. Che c'è signora padrona, vi siete molto turbata a queste parole! Sentite, io già me ne sono accorta. Il signor Florindo vi piace.

ROSAURA. Cara Colombina, non mi tormentare.

COLOMBINA. Vi compatisco; è un giovine di buonissima grazia, e mostra essere molto amoroso. Il signor Lelio ha una certa maniera sprezzante, che non mi piace punto; e poi basta dire che il signor Lelio in sei mesi e più, che pratica in casa vostra, non mi ha mai donato niente, e il signor Florindo ogni giorno mi dona qualche cosetta.

ROSAURA. Certamente il signor Florindo ha delle maniere adorabili.

COLOMBINA. Dite il vero, siete innamorata di lui?

ROSAURA. Ah pur troppo! A te, cara Colombina, non posso occultare il vero.

COLOMBINA. Gliel'avete mai fatto conoscere?

ROSAURA. No, ho procurato sempre occultare la mia passione.

COLOMBINA. Ed egli, credete voi, che vi ami?

ROSAURA. Non lo so; mi fa delle finezze, ma posso crederle prodotte da mera galanteria.

COLOMBINA. Prima ch'egli parta, fategli capir qualche cosa.

ROSAURA. È troppo troppo tardi.

COLOMBINA. Siete ancora in tempo.

ROSAURA. Se parte, il tempo è perduto.

COLOMBINA. Può essere ch'egli non parta.

ROSAURA. Oh Dio!

COLOMBINA. Vi vuol coraggio.

ROSAURA. Eccolo.

COLOMBINA. Via, portatevi bene, e se non avete coraggio voi, lasciate far a me. (*parte*)

COLOMBINA. It seemed to me that he was bidding your father farewell.

ROSAURA. *(Aside)*. Oh, unhappy me! That would be a mortal blow for me.

COLOMBINA. What is it, signora mistress? My words upset you! Listen, I have already noticed that you have a liking for signor Florindo.

ROSAURA. Dear Colombina, don't torment me.

COLOMBINA. I sympathise with you. He is a young man of exceptional grace, and demonstrates great affection. Signor Lelio has a certain contemptuous manner about him that I do not care for. And need I mention that signor Lelio, in more than six months of his frequenting your house, has never brought me a fig whereas signor Florindo brings me gifts every day.

ROSAURA. Signor Florindo certainly has adorable manners.

COLOMBINA. Tell me the truth, are you in love with him?

ROSAURA. Oh, unfortunately, yes! I can't keep the truth from you, dear Colombina.

COLOMBINA. Have you ever told him about your feelings?

ROSAURA. No, I have always kept my passion for him a secret.

COLOMBINA. And do you believe he loves you?

ROSAURA. I know not; he is utterly charming to me, but it could be assumed to spring from mere gallantry.

COLOMBINA. Before he leaves, make your feelings known to him.

ROSAURA. It is far too late.

COLOMBINA. No, you are still in time.

ROSAURA. Given that he is leaving soon, it would prove a waste of time.

COLOMBINA. He may decide not to leave.

ROSAURA. Oh, God!

COLOMBINA. Summon up courage.

ROSAURA. Here he comes!

COLOMBINA. Now, do your best, and if you do not find that courage, let me deal with him. *(She leaves)*.

SCENA XII

Rosaura, *poi* Florindo.

ROSAURA.   No, no, senti - Costei è troppo ardita, non sa che una figlia onorata deve reprimere le sue passioni. Io le reprimerò. Farò degli sforzi.

FLORINDO.   Faccio umilissima riverenza alla signora Rosaura.

ROSAURA.   Serva, signor Florindo; s'accomodi.

FLORINDO.   Obbedisco. (Ohimè! in qual impegno m'ha posto l'amico Lelio.)

ROSAURA.   (Mi par confuso.) (*siedono*)

FLORINDO.   (Orsù, vi vuol coraggio. Bisogna passarsela con disinvoltura.)

ROSAURA.   Che avete, signor Florindo, che mi parete sospeso?

FLORINDO.   Una lettera che ho avuto da Venezia, mi ha un poco sconcertato, mio zio è moribondo, e domattina mi conviene partire.

ROSAURA.   Domattina?

FLORINDO.   Senz'altro.

ROSAURA.   (Oh Dio!) Domattina?

FLORINDO.   Domattina.

ROSAURA.   Vostro zio è moribondo? Povero vecchio, mi fa compassione. Anche mio padre è avanzato assai nell'età, e quando sento i vecchi che muoiono, mi sento intenerire, non posso far meno di piangere. (*piangendo*)

FLORINDO.   Ella ha un cuore assai tenero.

ROSAURA.   Partirete voi da Bologna senza sentire veruna pena?

FLORINDO.   Ah! Pur troppo partirò da Bologna col cuore afflitto.

ROSAURA.   Dunque il vostro cuore ha degli attacchi in questa città, che vi faranno sembrar amara la vostra partenza?

FLORINDO.   E in che maniera! Non avrò mai penato tanto in vita mia, quanto prevedo di dover penar domattina.

SCENE XII

ROSAURA. No, no, listen - she is too daring, she is not aware that an honourable daughter must repress her passion. I shall repress mine! I'll do my best.

Enter **Florindo**.

FLORINDO. My most humble respects to signora Rosaura.

ROSAURA. Your servant, signor Florindo; do take a seat.

FLORINDO. Most obediently. *(Aside)*. Oh, my! What a predicament Lelio has placed me in.

ROSAURA. *(Aside)*. He seems confused. *(They sit down)*.

FLORINDO. *(Aside)*. Come, now. It only needs a little courage. I must try to appear at ease with her.

ROSAURA. What is the matter, signor Florindo? You seem unsettled.

FLORINDO. I have received a letter from Venice. It has quite thrown me into confusion. My uncle is dying. Therefore, I plan to leave tomorrow morning.

ROSAURA. Tomorrow morning?

FLORINDO. Without a doubt.

ROSAURA. *(Aside)*. Oh, God! *(To Florindo)* Tomorrow morning?

FLORINDO. Tomorrow morning.

ROSAURA. Your uncle is moribund? Poor old man, I have much compassion for him. My father is also well-advanced in age, and when I hear of elderly people dying, I am so touched by it that I can but cry. *(She cries)*

FLORINDO. You have such a tender heart.

ROSAURA. So you will leave Bologna without feeling any affliction whatsoever?

FLORINDO. Ah! Unfortunately, I'll leave Bologna with a tormented heart.

ROSAURA. Therefore, your heart has some connection in this city which makes your departure seem bitter?

FLORINDO. And how! I'll never suffer as much in my life as I expect to suffer tomorrow morning.

ROSAURA. Caro signor Florindo, per quelle finezze che vi siete compiaciuto di farmi nel tempo della vostra dimora, fatemi una grazia della vostra partenza.

FLORINDO. Eccomi a' suoi comandi: farò tutto per obbedirla.

ROSAURA. Ditemi: a chi partendo, lascerete voi il vostro cuore?

FLORINDO. Lascio il mio cuore ad un caro e fedele amico. Lo lascio a Lelio, che amo quanto me stesso.

ROSAURA. (Ah son deluse le mie speranze!)

FLORINDO. Adesso è ella contenta?

ROSAURA. Voi amate molto questo vostro amico?

FLORINDO. Cosí vuol la legge della buona amicizia.

ROSAURA. E non amate altri che lui?

FLORINDO. Amo tutti quelli che amano Lelio, e che da lui sono amati. Per questa ragione posso ancora amare la signora Rosaura.

ROSAURA. Voi mi amate?

FLORINDO. Certamente.

ROSAURA. (Oimè!) *(a Florindo)* Voi mi amate?

FLORINDO. L'amo perché è amata da Lelio; l'amo, perché vuol bene a Lelio, che è un altro me stesso.

ROSAURA. Come potete voi assicurarvi ch'io ami Lelio?

FLORINDO. Non deve essere la sua sposa?

ROSAURA. Tale ancora non sono.

FLORINDO. Ma lo sarà.

ROSAURA. E se non avessi da essere la sposa di Lelio, non mi amereste più?

FLORINDO. Non avrei più la ragione dell'amicizia che mi obbligasse a volerle bene.

ROSAURA. E se Lelio mi odiasse, mi odiereste anche voi?

ROSAURA.   Dear signor Florindo, for the sake of that kindness you have shown towards me during your stay, grant me a favour before your departure.

FLORINDO. I am here at your command, I'll do anything you ask.

ROSAURA.   Tell me, upon leaving, to whom will you leave your heart?

FLORINDO.   I'll leave my heart to a dear and faithful friend. I'll leave it to Lelio who I love as much as myself.

ROSAURA.   (*Aside*). Oh, my hopes have been dashed.

FLORINDO.   Are you happy now?

ROSAURA.   You love your friend very much.

FLORINDO.   The law of good friendship commands it.

ROSAURA.   And do you love anyone else?

FLORINDO.   I love all those who love Lelio and who are loved by him. For this reason, I can love signora Rosaura.

ROSAURA.   You love me?

FLORINDO.   Certainly.

ROSAURA.   (*Aside*). Oh, dear me! (*To Florindo*). You love me?

FLORINDO.   I love you because you are loved by Lelio. I love you because you are fond of Lelio. He is another me.

ROSAURA.   How can you be sure that I love Lelio?

FLORINDO.   Are you not his future wife?

ROSAURA.   I'm not his wife yet.

FLORINDO.   But you will be.

ROSAURA.   And if I were not to marry Lelio, would you not love me any more?

FLORINDO.   I would lack that reason which obliges me to love you.

ROSAURA.   And if Lelio hated me, would you hate me, too?

FLORINDO. Odiarla!

ROSAURA. Sì, questa grande amicizia che avete pel vostro Lelio, vi obblighe-rebbe a odiarmi!

FLORINDO. Odiarla non potrei.

ROSAURA. Se per l'amicizia di Lelio non mi odiereste, non sarà vero che per una tal'amicizia mi amiate; dunque concludo, o che voi mentite, quando dite di amarmi, o che mi amate per qualche altra ragione.

FLORINDO. Confesso il vero, che una donna di spirito, quale ella è, può confondere un uomo con facilità; ma, se mi permette, risponderò che la legge dell'amicizia obbliga l'uomo a secondar l'amico nelle virtù e non nei vizi, nel bene e non nel male. Fino che Lelio ama, come amico, sono obbligato a secondare il suo amore; se Lelio odia, non ho da fomentare il suo odio. Se Lelio ama la signora Rosaura, l'amo ancora io; ma se l'odiasse, procurerei disingannarlo, fargli conoscere il merito, e far che tutto il suo sdegno si convertisse in amore.

ROSAURA. Voi mi vorreste di Lelio in ogni maniera.

FLORINDO. Desiderando questa cosa, non faccio che secondar la sua inclinazione.

ROSAURA. Le mie inclinazioni a voi non sono ben note.

FLORINDO. Dal primo giorno, che ho avuto l'onore di riverirla, ella mi ha detto che era innamorata di Lelio.

ROSAURA. È passato un mese, da che vi ho detto così.

FLORINDO. È per questo? Per esser passato un mese si è cambiata già d'opinione? Perdoni, signora. Per coronare le sue belle virtù, le manca quella della costanza.

ROSAURA. Ah! Signor Florindo, non sempre siamo padroni di noi medesimi.

FLORINDO. Signora Rosaura, domani io parto.

ROSAURA. (Aimè!) Domani?

FLORINDO. Domani senz'altro. - La ringrazio delle finezze, che ella si è degnata di farmi, e, giacchè ha tanta bontà per me, la supplico di una grazia.

ROSAURA. Voglia il cielo ch'io sia in grado di potervi servire.

FLORINDO. Hate you!

ROSAURA. Yes, this great friendship you have for your Lelio, would it oblige you to hate me?

FLORINDO. I could never hate you.

ROSAURA. If, for Lelio's friendship, you could not hate me, it follows that for that very friendship you would not necessarily love me. Therefore, I come to the conclusion that you are either lying, when you say you love me, or that you love me for some other reason.

FLORINDO. I confess the truth. A woman of great spirit like you can confuse a man quite easily. But, with your permission, I shall reply that the law of friendship obliges a man to comply with his friend's virtues and not with his failings, for better and not for worse. For as long as Lelio loves, as a friend, I'm obliged to follow his love. If Lelio hates, I'll not instigate his hate. If Lelio loves signora Rosaura, I'll love her too, but if he hates her, I'll endeavour to persuade him to adopt a new opinion. I would point out your merits and make sure his disdain is converted into love.

ROSAURA. You want me to be Lelio's at all costs.

FLORINDO. By wishing that, I'm but supporting his inclination.

ROSAURA. My inclinations are unknown to you.

FLORINDO. The first day I had the honour of paying my respects to you, you claimed you were in love with Lelio.

ROSAURA. It has been a month now, since I stated that.

FLORINDO. What of that? You have changed your feelings in only one month? Forgive me, signora. To crown your virtues, you lack the one of constancy.

ROSAURA. Oh! Signor Florindo, we are not always masters of ourselves.

FLORINDO. Signora Rosaura, I'm leaving tomorrow.

ROSAURA. (*Aside*) Dear me! (*To Florindo*) Tomorrow?

FLORINDO. Tomorrow without a doubt. I thank you for the kindness you have shown me, and given that you have so much goodness for me, I implore just one more favour.

ROSAURA. Heaven knows, I'll do anything within my power to comply.

FLORINDO.   La supplico di esser grata verso il povero Lelio.

ROSAURA.   Credevami che voi domandaste qualche cosa per voi.

FLORINDO.   Via; la pregherò di una grazia per me.

ROSAURA.   Vi servirò con più giubilo.

FLORINDO.   Sì, la prego voler bene a Lelio, che è l'istesso che voler bene a me. Le raccomando il mio cuore che resta a Bologna con Lelio, e se il mio caro amico s'è demeritato in qualche maniera la sua grazia, la supplico di compatirlo e volergli bene. (Non posso più. Ah! Che or ora l'amicizia resta al disotto, e l'amor mi precipita.)

SCENA XIII

Colombina *e detti.*

COLOMBINA.   Signora, ecco il signor Lelio. (*parte*)

FLORINDO.   (Oh! Bravo, è arrivato a tempo.)

ROSAURA.   Ecco il vostro cuore; fategli voi quelle accoglienze che merita, io mi ritiro. (*parte*)

SCENA XIV

Florindo, *poi* Lelio.

FLORINDO.   Favorisca, senta, venga qui... S'è mai più veduto un caso simile al mio? Sono innamorato, e non lo posso dire. La donna mi vuol bene, e non ardisce di palesarlo; c'intendiamo, ed abbiamo a fingere di non capirci; si muore di pena, e non ci possiam consolare.

LELIO.   Ebbene, amico, come andò la faccenda?

FLORINDO.   Non lo so neppur io.

LELIO.   Non avete fatto nulla per me?

FLORINDO.   Per questa sorta di cose, vi dico, che non son buono.

FLORINDO.   I implore you to be grateful towards poor Lelio.

ROSAURA.   I thought you would ask a favour for yourself.

FLORINDO.   Yes! I'll ask you one favour for myself.

ROSAURA.   I'll oblige with great joy.

FLORINDO.   Yes, I beg you to love Lelio which is the same as loving me. I entrust my heart to you, it will remain here in Bologna with Lelio. And if my dear friend falls short, in some way, of your grace, I implore you to make allowances for him and love him all the same. (*Aside*) I can take this no longer. Oh! Will friendship now be buried by love and love bowl me over?

SCENE XIII

Enter **Colombina**.

COLOMBINA.   Signora, here comes signor Lelio. (*She leaves*).

FLORINDO.   (*Aside*). Oh, bravo! He has arrived just in time.

ROSAURA.   Here comes your heart! Give it the welcome it deserves. I'm leaving. (*She leaves*)

SCENE XIV

Florindo *alone; as if speaking to Lelio.*

FLORINDO.   After you, listen, come here...   Has anyone ever seen a case like mine? I'm in love and can't talk about it. She loves me, and she's not afraid of revealing it. We understand each other, yet we must pretend not to. The pain is killing us, and we can't be of comfort to each other.   *Enter* **Lelio.**

LELIO.   Well then, my friend, how did it go?

FLORINDO.   It's difficult to say.

LELIO.   Have you not concluded anything on my behalf?

FLORINDO.   I did warn you that I'm not cut out for this kind of thing.

LELIO.   Vi vuol tanto a parlare a una donna, a rilevare il suo sentimento? Io mi son valso di voi, perché vi stimo e vi amo: per altro, poteva raccomandare quest'affare al contino Ridolfo, o al cavalier Ernesto, che sono egualmente amici miei, che frequentano la nostra conversazione, e se fossero in città, non esiterebbero un momento a favorirmi.

FLORINDO.   Amico, permettetemi ch'io vi dica quel che mi detta il mio cuore. In questa sorta di cose non vi servite di gioventù per capitolare colla vostra sposa, e non siate cotanto facile ad ammettere ogni sorta di gente alla sua conversazione. Le donne sono di carne come siamo noi, e da loro non bisogna sperare più di quello che siamo noi capaci di fare. Se a voi capitasse l'incontro di essere da solo a sola con una giovane, che cosa pensate voi che in quel caso vi potesse suggerire il cuore? Che cosa potrebbe far l'occasione, la gioventù? Lo stesso, e forse peggio, per ragion della debolezza, s'ha da dubitar della donna, e non si deve porla accanto alla tentazione, e poi pretendere che resista. La paglia accanto al fuoco si accende, e quando è accesa, non si spegne sì facilmente. Gli amici sono pochi, e anche i pochi, si possono contaminare. La donna è delicata, l'amore acceica, l'occasione stimola, l'umanità trasporta. Amico, chi ha orecchio intenda, chi ha giudizio l'adoperi. (*parte*)

SCENA XV

Lelio *solo.*

Chi ha orecchio intenda; chi ha giudizio l'adoperi? - Io l'ho inteso, e tocca a me ad oprar con giudizio. Mi valerò de' consigli di un vero amico. Di lui mi posso fidare, di lui non posso prendere gelosia; so che mi ama, e che morrebbe piuttosto che commettere un'azione indegna. (*parte*)

FINE DELL'ATTO PRIMO

LELIO.   It can't be that difficult to get a woman to reveal her feelings, can it? I entrusted you because I rate you highly and love you. On the other hand, I could have entrusted this affair to young Lord Ridolfo or to Squire Ernesto, who are equally good friends of mine and belong to our circle of friends. If they had been in town, they would not have hesitated for a moment to grant me the favour.

FLORINDO.   Friend, allow me to tell you what my heart dictates. In cases like these, it is best not to employ a young man to negotiate with your bethrothed. And, further, do not allow all sorts of people to have conversations with her. Women are made of flesh as well as any man, and we can't expect from them more than we ask of ourselves. If you happened to be alone with a similar young lady, how do you believe your heart would prompt you to react? What can a young man do? The same as I did, or even worse; weakness is the culprit. One must doubt women. They must not be placed beside temptation and then be expected to resist. Straw will catch fire if placed in proximity to flames and, once it is alight, it will not be easily extinguished. Friends are few, and even those few could be corrupted. Women are delicate, love causes blindness, opportunity causes excitement and human nature carries us away. My friend, listen to my words and appeal to your reason. *(He leaves).*

SCENE XV

Lelio *alone.*

"Listen to my words and appeal to your reason". I have understood and it's down to me to act with good judgment. I'll act upon the advice of a true friend: I can trust him, I cannot be jealous of him. I know that he loves me and that he would die rather than commit an unworthy act. *(He leaves).*

END OF ACT ONE

ATTO SECONDO

SCENA I

Camera di Florindo in casa di Lelio.

Florindo *solo.*

Son confuso, non so dove io abbia la testa. L'ultimo discorso, tenuto colla signora Rosaura, mi ha messo in agitazione. - Non vi voleva andare; Lelio mi ha voluto condur per forza. Per quanto io abbia procurato di contenermi con indifferenza, credo che la signora Rosaura abbia capito che le voglio bene; siccome ho inteso io dalla sua maniera di dire, ch'ella ha dell'inclinazione per me. Ci siamo separati con poco garbo. Pareva ch'io fossi in debito, prima di partire, di rivederla. Ma se vi torno, fo peggio che mai.

SCENA II

Trivella *e detto.*

TRIVELLA. Signor padrone, una lettera che viene a Vossignoria.

FLORINDO. Di dove?

TRIVELLA. Non lo so in verità.

FLORINDO. Chi l'ha portata?

TRIVELLA. Un giovine che non conosco.

FLORINDO. Quanto gli avete dato?

TRIVELLA. Nulla.

FLORINDO. Questa è una lettera che viene di poco lontano.

TRIVELLA. Se lo domanda a me, credo che venga qui di Bologna, all'odore mi par di femmina. (*parte*)

50

ACT TWO

SCENE I

Florindo's bedroom in Lelio's house.

Florindo *alone.*

I am confused, I don't know where my head is. The last conversation I had with signora Rosaura shook me. I didn't want to go; Lelio forced me into it. However much I sought to contain myself within the bounds of indifference, signora Rosaura must have understood that I am in love with her, given that from her manner of speaking I understood that she has similar inclinations for me. We parted with little courtesy. It seems I am expected to make another visit to her house before I leave. But, if I return there, matters will worsen.

SCENE II

Enter **Trivella.**

TRIVELLA. Signor master, there is a letter for you, sir.

FLORINDO. From where?

TRIVELLA. In truth, I don't know.

FLORINDO. Who brought it?

TRIVELLA. A young man I'd never seen before.

FLORINDO. How much did you give him?

TRIVELLA. Nothing.

FLORINDO. This letter hasn't travelled very far.

TRIVELLA. If you ask me, I believe it comes from here in Bologna, and from its scent, I hazard to guess, it's from a woman. *(He leaves).*

SCENA III

Florindo *solo.*

Guardiamo un poco chi scrive. (*apre*) - *Rosaura Foresti.* Una lettera della signora Rosaura? mi palpita il cuore. - *Caro signor Florindo...* Caro! A me caro? - Questa è una parola che mi fa venire un sudore di morte. - *Giacchè avete risoluto di partire...* Ho creduto, che ella abbia per me qualche inclinazione; ma *caro*? Ella mi dice *caro*? Aimè!... Non so più resistere. - Ma piano, Florindo, piano, andiam bel bello. Non facciamo che la passione ci ponga un velo dinanzi agli occhi. Leggiamo la lettera, leggiamola per pura curiosità. *Giacchè avete risoluto voler partire. Caro signor Florindo ...* sia maledetto questo *caro*! Leggo qui, e gli occhi corrono colassù. - Non voglio altro caro; ecco, lo straccio, e lo butto via. - *Giacchè avete risoluto voler partire, e non sapete, o fingete non saper in quale stato voi mi lasciate...* Eh sì, so tutto. Ma ho risoluto di andare, e anderò. Domattina anderò, *o fingete non saper!...* Certo, fingo di non saperlo, ma so. Tiriamo innanzi: - *sono costretta a palesarvi il mio cuore.* Lo palesi pure, l'ascolterò con qualche passione; ma ho fissato, e deve essere così, e niente mi muoverà. - *Sappiate, caro signor Florindo...* Oimè! Un'altra volta *caro*! - *Sappiate che io...* che io... non ci vedo più. - *Sappiate, caro signor Florindo;* vorrei saltar questa parola, e non so come fare. - *Io, dacchè vi ho veduto, accesa mi sono...* Ella è accesa, ed io sono abbruciato. - *Accesa mi sono del vostro merito;* grazie, grazie, oh povero me! - *E senza di voi morirò certamente...* Morirà? Oh cielo! Morirà? - Sì, che mora; morirò ancor io, non importa, purchè si salvi l'onore. - *Deh! Muovetevi a compassione, caro signor Florindo.* Un altro *caro*! Questo *caro* mi tormenta, questo *caro* mi uccide. Sentirmi dir *caro* da una mano sì bella; dettato da una bocca così graziosa, non posso più! Se seguito a leggere, cado in terra. Questa lettera per me è un inferno, non la posso leggere, non la posso tenere. Bisogna ch'io la strappi, bisogna che me ne privi. Non leggerò più quel *caro*; non lo leggerò più. (*straccia la lettera*). - Ma, che cosa ho io fatto? Stracciar una lettera piena di tanta bontà? Stracciarla avanti di finirla di leggere? Neppur leggerla tutta? Chi sa che cosa mi diceva sul fine? Almeno sentire il fine? Se potessi unire i pezzi, vorrei sentire che cosa concludeva; mi proverò. - Ecco il *caro*; il *caro* mi vien subito davanti agli occhi; non voglio altro, non voglio altro; dica quel che sa dire, non voglio miseramente sagrificarmi. - Ma che cosa pens'io di fare? Andar via senza risponderle? Senza dirle nulla? Sarebbe un'azion troppo vile, troppo indiscreta. Sì, le risponderò. Poche righe; ma buone. Siamo scoperti, convien parlar chiaro. Far che si penta di questo suo amore, come io mi pento del mio. E se Lelio vede un giorno questa mia lettera? Non importa; se la vedrà, conoscerà allora chi sia Florindo. Vedrà che Florindo, per un punto d'onore,

SCENE III

Florindo *alone.*

Now, let's see who's written this. *(He opens the letter). Rosaura Foresti.* A letter from Rosaura? My heart's throbbing. *(He reads) Dear signor Florindo...* Dear! She calls me dear? That word brings me into a cold sweat. *Given that you have resolved to leave...,* I thought she had tender feelings for me; but *dear!* She calls me *dear?* Oh, my...! I can resist no longer. Now calm down Florindo, calm down, take this slowly. Let me not allow passion to drape a veil before my eyes. Let me read the letter, let me read it for curiosity's sake. *Given that you have resolved on leaving, dear signor Florindo, ...dear* be damned! I read down here but my eyes flick back up to the top. I want no more dears; here, I'll tear it up and throw it away. *Given that you have resolved on leaving, and do not know, or pretend not to know, the state you leave me in...* Oh, yes, I know. But I am set on leaving, and shall leave. I shall leave tomorrow morning: *or pretend not to know...* Of course, I pretend not to know, but I do know. Let me continue: *I am forced to reveal my heart to you.* Reveal it do, I shall listen with some passion; but I will not be moved. That's how it must be. I am steadfast. *You must know dear signor Florindo...* Oh, my, that *dear* again! *You must know that I...* that I.... I can resist no longer. *You must know dear signor Florindo:* I wish I could skip the word but don't know how to do it. *From the moment I first saw you, I was set alight...* She is burning, but I'm already burnt. *I was set alight by your merits:* thank you, thank you, oh poor me! *and without you I will surely die...* She'll die? Oh, heavens! She'll die? Yes, let her die; I shall die, too, it is of no importance provided that honour is saved. *Come, let your compassion move you, dear signor Florindo.* Another *dear!* This *dear* torments me, this *dear* will kill me. To hear myself called *dear* by such a beautiful hand, dictated by such a pretty mouth, I can take it no longer! If I carry on reading, I'll collapse to the floor. This letter is an inferno for me! I can't read any further, I can't hold it any longer. I must tear it up, I must rid myself of it. I'll not read that *dear* again, I will not read it again. *(He tears the letter up).* Now what have I done? Have I torn up a letter so full of bounty? Torn it up without reading to the end? Without reading it all? I wonder how she ended it? I should at least see how it ends! If I join the pieces together again; I would be able to see how it ended; I shall try. Here is that *dear* again; that *dear* leaps straight to my eyes; I want nothing else, I want nothing else; let her say whatever pleases her, I shall not sacrifice myself so wretchedly. But what am I thinking of doing? Going away without giving her an answer? Without saying anything to her? That would be an extremely vile act, extremely insensitive. Yes, I shall answer. Only a few lines, but good ones. It's all in the open now, we may as well speak our minds. I must make sure she repents loving me, in the same way as I must repent loving her. What if one day Lelio sees this letter of mine? It doesn't matter. If he does see it, he will have occasion to find out who Florindo really is. He will see that

è stato capace di sagrificare all'amico la sua passione. (*siede al tavolino, e scrive*) - Come devo io principiare? Cara? No cara, perché se il *cara* fa in lei l'effetto che ha fatto in me la parola *caro*, ella muore senz'altro. Animo, animo, voglio spicciarmi.

(*scrivendo*) - *Signora. Pur troppo ho rilevato che avete della bontà per me; questa è la ragione, per cui più presto partir risolvo; poiché, trovando la vostra inclinazione pari alla mia, non sarebbe possibile il trattare fra noi con indifferenza. L'amico Lelio mi ha accolto nella propria sua casa, mi ha posto a parte di tutti gli arcani del suo cuore; che mai direbbe di me se io, mancando al dovere dell'amico, tradissi l'ospitalità? Deh! pensate voi stessa, che ciò non conviene...*

SCENA IV

Trivella *e detto.*

TRIVELLA. (*con ansietà*) Signor padrone...

FLORINDO. Che cosa c'è?

TRIVELLA. Presto, per amor del cielo; il signor Lelio è stato assalito da due nemici; e si difende colla spada da tutti e due, ma è in pericolo, lo vada a soccorrere.

FLORINDO. (*s'alza*) Dove?

TRIVELLA. Qui nella strada.

FLORINDO. Vado subito a sagrificar per l'amico anche il sangue, se fa di bisogno. (*parte*)

SCENA V

Trivella *solo.*

So che il mio padrone è bravo di spada, e son sicuro che aiuterà l'amico. L'avrei fatto io; ma in questa sorte di cose non m'intrico. È meglio ch'io vada a fare i bauli. Manco male che, andando via domattina, ho un poco più di tempo. E poi chi sa se andremo nemmeno? Il mio padrone è innamorato, e quando gli uomini sono innamorati, non navigano per dove devono andare; ma per dove il vento gli spinge. (*parte*)

Florindo, for a question of honour, was able to sacrifice his passion for a friend. *(He sits at the table and writes).* How shall I begin? Dear? Not dear, because if *dear* has a similar effect on her as it had on me, she will die without doubt. Good cheer, good cheer, let me be quick about it.

(He writes). Signora, unfortunately, I have noticed that you show goodness of heart towards me. That is the very reason why I must leave as soon as possible. Given that your inclination is equal to mine, it would not be possible for us to treat each other with indifference. My friend Lelio has received me into his house; he has confided the secrets of his heart to me. What would he say of me if I, falling short of the duty of a friend, were to betray his hospitality? So, do you not yourself believe we had better...

SCENE IV

Enter **Trivella.**

TRIVELLA.   *(Anxiously)* Signor master...

FLORINDO.   What is it?

TRIVELLA.   Quick, for heaven's sake. Signor Lelio has been attacked by two enemies. He is defending himself from both of them with his sword, but he is in danger. Quick, go to his rescue.

FLORINDO.   Where? *(He gets up)*

TRIVELLA.   Down here in the street.

FLORINDO.   I'll go immediately and, if need be, I'll lay down my life. *(He leaves).*

SCENE V

Trivella *alone.*

I know my master is a good swordsman and am sure he will help his friend. I would have done it myself, but I am wary of getting mixed up in that kind of thing. I had better go pack the trunks. Just as well we are leaving tomorrow morning, it gives me a little more time. And, then, who knows if we really will leave? My master is in love, and when men are in love, they do not steer themselves in the direction they ought to go in, but, rather, drift to wherever the wind carries them. *(He leaves).*

SCENA VI

Beatrice *sola.*

Questo signor Florindo da me ancora non s'è lasciato vedere.È sarà vero che egli mi sprezzi, che non si curi dell'amor mio? Che non faccia stima di me? L'ho pur veduto guardarmi con qualche attenzione. Mi ha pur egli detto delle dolci parole, si è pur compiaciuto scherzar sovente meco, ed ora così aspramente mi parla? Così rozzamente mi corrisponde? Partirà egli domani? Partirà a mio dispetto? Misera Beatrice! Che farò senza il mio adorato Florindo? Ah! tremo solamente in pensarlo. (*siede*) - Qual foglio è questo? Il carattere è del signor Florindo. - *Signora.* Oh cieli! A chi scrive? La lettera non è finita. La gelosia mi rode. Sentiamo. - *Pur troppo ho rilevato che avete della bontà per me; questa è la ragione, per cui più presto partir risolvo; poiché, trovando la vostra inclinazione pari alla mia, non sarebbe possibile il trattare fra noi con indifferenza.* Foss'egli innamorato di me, com'io sono di lui? Fosse a me questo foglio diretto? - Ma no, qual ostacolo potrebbe egli avere per palesarmi il suo amore, e per gradire il mio? Ah! Che d'altra egli parla, ad altra donna questa carta è diretta. Potessi scoprir l'arcano! – *L'amico Lelio mi ha accolto nella propria sua casa, mi ha posto a parte di tutti gli arcani del suo cuore; che mai direbbe di me, se io, mancando al dovere d'amico, tradissi l'ospitalità?...* Tradissi l'ospitalità? Oh cieli! Egli parla di questa casa; egli parla di me. Sì, sì, non vi è più da dubitare. Egli parla di me, pensa che sarebbe un tradir l'ospitalità, se si valesse della buona fede di Lelio... No, caro, non è mala azione amar chi t'ama, non è riprensibile quell'amore che può terminare, con piacere dell'amico stesso, in un matrimonio. Ora intendo, perché ricusa di corrispondermi; teme disgustare l'amico, non ardisce di farlo, per non offendere l'ospitalità. - *Deh! pensate voi stessa, che ciò conviene...* Qui termina la lettera, ma qui principia a consolarmi la mia speranza. - *Non conviene?* Sì, che conviene svelar l'arcano, parlar in tempo, e consolare i nostri cuori che s'amano. - Ecco mio nipote. Viene opportunamente.

SCENA VII

Lelio *e detta.*

LELIO. Signora zia, eccomi vivo in grazia dell'amico Florindo.

BEATRICE. Come? V'è intravvenuto qualche disgrazia?

LELIO. Stamane, giocando al faraone, fui soverchiato da un giocator di vantaggio. Lo scopersi, rispose ardito, io gli diedi una mano nel viso, s'unì egli con un compagno, m'attesero sulla strada vicina, mi assalirono colle spade, mi difesi alla

SCENE VI

Beatrice *alone.*

Signor Florindo is keeping out of my sight. Could it be true that he disdains me, and that my love is of no importance to him? Does he not have some esteem for me? I have, nevertheless, caught him looking at me with attention. He has spoken sweet words to me, he has even enjoyed laughing with me, then why does he speak harshly to me now? He answers in such a rude manner! Will he leave tomorrow? Will he leave to spite me? Miserable Beatrice! What will I do without my adorable Florindo? Ah! I tremble at the very thought of it. *(She sits down).* What's this piece of paper? This is signor Florindo's writing! *Signora.* Oh, heavens! Who is he writing to? The letter is unfinished. I am consumed with jealousy. Let's see. *Unfortunately, I have noticed that you show goodness of heart towards me. That is the very reason why I must leave as soon as possible. Given that your inclination is equal to mine, it would not be possible for us to treat each other with indifference.* Perhaps he is in love with me, like I am with him? Would this letter were addressed to me? But no, what obstacle could he have in revealing his love to me and in accepting mine? Ah! The letter could be for another woman. If I could only solve the mystery! *My friend Lelio has received me into his house; he has confided the secrets of his heart to me. What would he say of me if I, falling short of the duty of a friend, were to betray his hospitality...* Betray his hospitality? Oh, heavens! He's referring to this house! This is about me! Yes, yes, there is no doubt, this is about me. He believes that if he took advantage of Lelio's good faith he would betray his hospitality... No, dear, it's not evil to love someone who loves you. A love which could lead to marriage and which would be welcomed with joy by his friend, cannot be reprehensible. Now I understand why he is wary of returning my love; he is afraid of offending his friend. He dares not approach me for fear of betraying his hospitality. *So, do you not yourself believe we had better...* This is where the letter finishes; but this is where hope begins to open up for me *we had better?* Yes, we had better reveal our secret, speak out before it is too late and appease two loving hearts. Here comes my nephew; at a most suitable moment.

SCENE VII

Enter Lelio.

LELIO. Signora aunt, here I am, still alive thanks to my friend Florindo.

BEATRICE. How? Were you involved in some accident?

LELIO. Today, whilst playing faro, I was outdone by a cheat. I exposed him, he

meglio; ma se in tempo non giungeva Florindo, avrei dovuto soccombere.

BEATRICE. Il signor Florindo dov'è?

LELIO. Il servitore l'ha trattenuto, ora viene.

BEATRICE. È egli restato offeso?

LELIO. Oh pensate! La spada in mano la sa tenere, ha fatto fuggir que' ribaldi.

BEATRICE. Grand'uomo è il signor Florindo!

LELIO. Sì, egli è un uomo di merito singolare.

BEATRICE. Guardate, fin dove arriva la sua delicatezza. Egli è invaghito di me, e non ardisce di palesarlo, temendo che per un tale amore possa dirsi violata l'ospitalità.

LELIO. Signora, voi vi lusingate senza verun fondamento.

BEATRICE. Son certa che egli mi ama, e ve ne posso dar sicurezza.

LELIO. Voi avete del merito, ma la vostra età...

BEATRICE. Che parlate voi dell'età? Vi dico che sono certa dell'amor suo.

LELIO. Qual prova mi addurrete per persuadermi?

BEATRICE. Eccola; leggete questa lettera del signor Florindo a me diretta.

LELIO. A voi diretta è questa lettera?

BEATRICE. Sì, a me; non ha avuto tempo di terminarla.

LELIO. Sentiamo che cosa dice. (*legge piano*)

BEATRICE. (Mi pareva impossibile, che non avesse a sentire dell'amore per me. Sono io da sprezzare? Le mie nozze sono da rifutarsi? Povero Florindo! Egli penava per mia cagione; ma io gli farò coraggio, io gli aprirò la strada per esser di me contento.)

LELIO. (*a Beatrice*) Ho inteso, parlerò seco, e saprò meglio la sua intenzione.

BEATRICE. Avvertite, non lo lasciate partire.

reacted most impudently, whereby I slapped him on the face. He and another man waited for me in a nearby street where they attacked me with their swords. I defended myself as well as I could; but if Florindo hadn't arrived in time I would have had to surrender.

BEATRICE.   Where is signor Florindo?

LELIO.   He was detained by his servant. He'll be here soon.

BEATRICE.   Was he hurt?

LELIO.   Oh, no believe me! He knows how to handle a sword; he made those rascals run.

BEATRICE.   Signor Florindo is a great man!

LELIO.   Yes, he is a man of unique merit.

BEATRICE.   Look to what extent his good manners take him. He has fallen in love with me but dares not pursue me for fear that his love could be interpreted as violation of hospitality.

LELIO.   Signora, you flatter yourself quite needlessly.

BEATRICE.   I am sure he loves me. I can show you proof of it.

LELIO.   You have your merits, but at your age...

BEATRICE.   What do you mean 'at your age'? I tell you I am certain of his love.

LELIO.   What proof can you bring to persuade me of it?

BEATRICE.   Here it is. Read this letter addressed to me by signor Florindo.

LELIO.   Is this letter addressed to you?

BEATRICE.   Yes, to me. He didn't have time to finish it though.

LELIO.   Let's see what it says. (*He reads it at a low voice*).

BEATRICE.   (*Aside*) I thought it impossible that he could not feel love for me. Am I to be disdained? Am I not worthy of being a bride? Poor Florindo, he has suffered because of me. I'll make it easy for him to approach me. We will be happy together, I'm sure.

LELIO.   (*To Beatrice*). I see. I'll speak to him and find out what his intentions are!

BEATRICE.   Mark my words, do not let him leave.

LELIO. No, no; se sarà vero che vi ami, non partirà.

BEATRICE. Se sarà vero? Ne dubitate? È cosa strana che io sia amata? Lo sapete voi quanti partiti ho avuti; ma questo sopra tutti mi piace. - Povero signor Florindo! Andatelo a consolare: ditegli che sarò contenta, che questa mano è per lui, che non dubiti, che non sospiri, che io sarò la sua cara sposa. (*parte*)

SCENA VIII

Lelio *solo.*

Mi pare la cosa strana. Ma questa lettera è di suo carattere. Mia zia asserisce essere a lei diretta; e in fatti, a chi l'avrebbe egli a scrivere? Sempre è stato meco; pratiche in Bologna non ne ha. - Eccolo che egli viene.

SCENA IX

Florindo *e detto.*

FLORINDO. (Lelio è qui? Dov'è la mia lettera?)

LELIO. Caro amico, lasciate che io teneramente vi abbracci, e nuovamente vi dica che da voi riconosco la vita.

FLORINDO. (*osserva sul tavolino*) Ho fatto il mio debito e niente più.

LELIO. Certamente, se non eravate voi, quei ribaldi mi soverchiavano. - Amico, che ricercate?

FLORINDO. Niente.

LELIO. Avete smarrito qualche cosa?

FLORINDO. Niente, una certa carta.

LELIO. Una carta?

FLORINDO. Sì: è molto che siete qui?

LELIO. Da che vi ho lasciato.

LELIO. Of course not. If it is true that he loves you, he'll not leave.

BEATRICE.   If it is true? Do you doubt it? Is it so strange that I should be loved? You know how many admirers I have had; but he is the one I have liked the most. Poor signor Florindo! Go and comfort him. Tell him that I am happy, that my hand is for him alone, that he is not to have doubts, that he is not to sigh, that I will be his dear bride. *(She leaves)*

SCENE VIII

Lelio *alone.*

It seems strange that Florindo should fall for my aunt. But this is his writing. My aunt vows that it is addressed to her and, in truth, who else could he have written it to? He has always been with me, he has no other acquaintances in Bologna. Here he comes.

SCENE IX

Enter Florindo.

FLORINDO. *(Aside)* Lelio, here? Where's my letter?

LELIO.   Dear friend, let me embrace you tenderly and tell you again that I owe my life to you.

FLORINDO. I carried out my duty and no more. *(He looks at the table).*

LELIO. Of course. If it had not been for you, those rascals would have overcome me. Friend, what are you looking for?

FLORINDO. Nothing...

LELIO. Have you lost something?

FLORINDO. Nothing, just a piece of paper.

LELIO. A piece of paper?

FLORINDO. Yes. Have you been here long?

LELIO. I came straight back here after we parted.

FLORINDO. (*con ismania*) Vi è stato nessuno in questa camera?

LELIO. Ditemi: cercate voi di una vostra lettera?

FLORINDO. (Ahimè! L'ha vista.) Sì, cerco, un abbozzo di lettera.

LELIO. Eccola; sarebbe questa?

FLORINDO. Per l'appunto. Signor Lelio, siamo amici; ma i fogli, compatitemi, non si toccano.

LELIO. Nè io ho avuto la temerità di levarlo dal tavolino.

FLORINDO. Come dunque l'avete in tasca?

LELIO. Mi è capitato opportunamente.

FLORINDO. Basta... torno a dire... è un abbozzo fatto per bizzarria.

LELIO. Sì, capisco benissmo che voi avete scritto per bizzarria; ma, scusatemi, un uomo saggio come voi siete, non mette in ridicolo una donna civile in cotal maniera.

FLORINDO. Avete ragione; ho fatto male e vi chiedo scusa.

LELIO. Non ne parliamo più. La nostra amicizia non si ha da alterare per questo.

FLORINDO. Non vorrei mai che credeste ch'io avessi scritto per inclinazione, per passione.

LELIO. Al contrario, bramerei che la vostra lettera fosse sincera; che foste nel caso di pensar come avete scritto, e che un tal partito vi convenisse.

FLORINDO. Voi bramereste ciò?

LELIO. Sì con tutto il mio cuore. Ma vedo anch'io quali circostanze si oppongono; ed ho capito sin da principio che avete scritto per bizzarria, e che vi burlate di una femmina che si lusinga.

FLORINDO. Io non credo ch'ella abbia alcun motivo di lusingarsi.

FLORINDO. *(With apprehension)* Has anyone else been in this room?

LELIO. Tell me. Are you looking for your letter?

FLORINDO. *(Aside)* Oh, my! He's seen it! *(To Lelio)* Yes, I'm looking for a draft of my letter.

LELIO. Here it is. Is this it?

FLORINDO. That is the very letter. Signor Lelio, I know we are friends, but as far as my private letters are concerned, forgive me for saying so, but they are not to be touched.

LELIO. I would never have had the audacity of taking it from the table.

FLORINDO. How come, then, it found its way into your pocket?

LELIO. It found its way there quite by chance.

FLORINDO. Enough... I repeat... it is only a draft of a letter written on a whim.

LELIO. Yes, I understand that you wrote it on a whim; but, forgive me for saying so, a sensible man like you would not make a laughing stock of a good woman in such a manner.

FLORINDO. You are right; my behaviour has been ignoble and I ask forgiveness.

LELIO. We'll mention it no more. Our friendship will not be altered by this episode.

FLORINDO. I would not like you to think that attraction or passion drove me to write this letter.

LELIO. On the contrary, I earnestly wish that your letter were sincere, that you did mean what you wrote and that the choice you made were truly to your liking.

FLORINDO. You earnestly wish all this?

LELIO. Yes, with all my heart. But I do understand that the circumstances are difficult. I understood from the very beginning that you wrote on a whim, and that you are teasing a woman who is under the illusion that you love her.

FLORINDO. I believe I gave her no reason for fooling herself so.

LELIO. Eppure vi assicuro che si lusinga moltissimo. Sapete, le donne come son fatte. Le attenzioni di un uomo civile di un giovane manieroso, vengono interpretate per inclinazione, per amore. E per dirvi la verità, ella stessa mi ha detto che contava moltissimo sulla vostra inclinazione per lei.

FLORINDO. E voi che cosa avete risposto?

LELIO. Le ho detto che ciò mi pareva difficile, che avrei parlato con voi, e se avessi trovato vero, quanto ella suppone, avrei da buon amico secondate le di lei intenzioni.

FLORINDO. Caro amico, possibile che la vostra amicizia arrivi per me a quest'eccesso?

LELIO. Io non ci trovo niente di straordinario. - Ditemi la verità: inclinereste voi a sposarla?

FLORINDO. Oh cieli! Che cosa mi domandate? A qual cimento mettete voi la mia sincerità, in confronto del mio dovere?

LELIO. Orsù, capisco che voi l'amate. Può essere che l'amore che avete per me, vi faccia in essa trovar del merito; non abbiate riguardo alcuno a spiegarvi, mentre vi assicuro dal canto mio che non potrei desiderarmi un piacer maggiore.

FLORINDO. Signor Lelio, pensateci bene.

LELIO. Mi fate ridere. - Via, facciamolo questo matrimonio.

FLORINDO. Ma! E il vostro interesse?

LELIO. Se questo vi trattiene, non ci pensate. È vero ch'ella è più ricca di me; che da lei posso sperar qualche cosa; ma ad un amico sacrifico tutto assai volentieri.

FLORINDO. Nè io sono in caso di accettare un tale sacrificio.

LELIO. Parlatemi sinceramente. L'amate o non l'amate?

FLORINDO. Vi dirò ch'io la stimo; ch'io ho per lei tutto il rispetto possibile...

LELIO. E per questa stima, per questo rispetto la sposereste?

FLORINDO. Oh Dio! Non so, se non fosse per farvi un torto...

LELIO.   Yet, I can assure you she is fooling herself very much. You know what women are like. The attentions of a cultivated man, a man of good manners are perceived as means to amorous ends. And to tell you the truth, she herself told me she very much counted on your attraction to her.

FLORINDO.   And what did you answer?

LELIO.   I told her it all seemed highly unlikely to me, that I would speak to you about it and if what she told me were true, I would, with all my heart, support her intentions.

FLORINDO.   Dear friend, is it possible that you would go to this extreme for me for the sake of our friendship?

LELIO.   I don't find anything extraordinary in this. Tell me the truth, would you marry her?

FLORINDO.   Oh, heavens! What are you asking me? To what test are you putting my sincerity and my duty as a friend?

LELIO.   Come now. I understand you love her. It could be that the love you have for me, spills over on to her. Do not be afraid of speaking your mind, I can assure you that, as far as I'm concerned, I could not wish for more.

FLORINDO.   Signor Lelio, think it over carefully.

LELIO.   You make me laugh. Come, let's drink to your wedding.

FLORINDO.   But! What about you?

LELIO.   If that's what's worrying you, think no more of it. It's true that she's wealthier than me and that I could hope to receive money from her but, for a friend, I sacrifice it all most willingly.

FLORINDO.   I can't accept a similar sacrifice.

LELIO.   Tell me sincerely; do you love her or don't you?

FLORINDO.   I have a high opinion of her and have as much respect for her as is possible...

LELIO.   For the high opinion, and for the immense respect, you have for her, would you marry her?

FLORINDO.   Oh, God! I don't know. If it were not that I would wrong you...

LELIO.   Che torto? Mi meraviglio di voi. Vi replico, questo sarebbe per me un piacere estremo, una consolazione infinita.

FLORINDO.   Ma lo dite di cuore?

LELIO.   Colla maggiore sincerità del mondo.

FLORINDO.   (Son fuori di me. Non so in che mondo mi sia.)

LELIO.   Volete ch'io glie ne parli?

FLORINDO.   (Oimè) Fate quel che volete.

LELIO.   La sposerete di genio?

FLORINDO.   Ah! Mi avete strappato dal cuore un segreto... Ma voi ne siete la causa.

LELIO.   Tanto meglio per me. Non potea bramarmi contento maggiore. Il mio caro Florindo, il mio caro amico sarà mio congiunto, sarà il mio rispettabile zio.

FLORINDO.   Vostro zio?

LELIO.   Sì, sposando voi la signora Beatrice mia zia, avrò l'onore di esser vostro nipote.

FLORINDO.   (Ahimè, che sento! Che equivoco è questo!)

LELIO.   Che avete che mi sembrate confuso?

FLORINDO.   (Non bisogna perdersi, non bisogna scoprirsi.) Sì, caro Lelio, l'allegrezza mi fa confondere.

LELIO.   Per dire la verità, mia zia è un poco avanzata; ma non è sprezzabile. Ha del talento, è di un ottimo cuore.

FLORINDO.   Certo, è verissimo.

LELIO.   Quando volete che si facciano queste nozze?

FLORINDO.   (*smania*) Eh, ne parleremo, ne parleremo.

LELIO.   Che avete, che smaniate?

FLORINDO.   Gran caldo.

LELIO. What, wrong? I am surprised by you. I repeat, it would be of great joy and of infinite consolation to me.

FLORINDO. But are you speaking from the heart?

LELIO. With all the sincerity in the world.

FLORINDO. (*Aside*) I am beside myself. I don't know where I am.

LELIO. Would you like me to speak to her about it?

FLORINDO. (*Aside*) Oh, my! (*To Lelio*). Whatever you wish.

LELIO. Would you be happy to marry her?

FLORINDO. Ah! You have torn the secret from my heart... but you asked for this.

LELIO. All the better for me. I could not wish to receive better news. My dear Florindo, my dear friend, will be a relative of mine, he'll be my respectable uncle.

FLORINDO. Your uncle?

LELIO. Yes, by marrying signora Beatrice, my aunt, I'll have the honour of being your nephew.

FLORINDO. (*Aside*) Oh, my! What do I hear? What misunderstanding is this?

LELIO. What's wrong? You look confused.

FLORINDO. (*Aside*). I must keep calm. He must not find me out. (*To Lelio*) Yes, dear Lelio, happiness confuses me.

LELIO. In truth, my aunt is a little advanced in years, but she is not to be discarded. She has talent, she has a good heart.

FLORINDO. Of course, it is so true.

LELIO. So, when will the happy day be?

FLORINDO. (*In a flutter*) Oh! We can talk about that some other time.

LELIO. What's wrong? You have the fidgets.

FLORINDO. It's very hot.

LELIO.   Via, per consolarvi solleciterò quanto sia possibile le vostre nozze. Ora vado dalla signora Beatrice; e s'ella non s'oppone, vi può dare la mano, quando volete.

FLORINDO.   (Povero me! se la signora Rosaura sa questa cosa, che dirà mai?) - Caro amico, vi prego di una grazia; di quest'affare non ne parlare a nessuno.

LELIO.   No? Per qual causa?

FLORINDO.   Ho i miei riguardi. A Venezia non ho scritto niente, se mio zio lo sa, gli dispiacerà, ed io non lo voglio disgustare. Le cose presto passano di bocca in bocca, e i graziosi si dilettano di scriver le novità.

LELIO.   Finalmente se sposate mia zia, ella non vi farà disonore.

FLORINDO.   Sì, va bene; ma ho gusto che non si sappia.

LELIO.   Via, non lo dirò a nessuno. - Ma alla signora Beatrice...

FLORINDO.   Neppure a lei.

LELIO.   Oh diavolo! Non lo dirò alla sposa? La sarebbe bella!

FLORINDO.   S'ella lo sa, in tre giorni lo sa tutta Bologna.

LELIO.   Eh via, spropositi. Amico, state allegro; non vedo l'ora che si concludano queste nozze. (*parte*)

LELIO. Come, now. To make you happy, I shall arrange that you marry as soon as possible. Now I'll go to signora Beatrice and if she agrees you can get married as soon as you like.

FLORINDO. (*Aside*) Poor me! If signora Rosaura hears about this whatever will she say? (*To Lelio*). Dear friend, I ask you a favour; please do not speak to anyone about this episode.

LELIO. No? Why ever not?

FLORINDO. I have my reasons. No-one knows about it in Venice. If my uncle were to find out, he would be disappointed; I do not want to upset him. Words trip from mouth to mouth, and the most zealous people take pleasure in spreading news in writing.

LELIO. After all, marrying my aunt would not disgrace you.

FLORINDO. Yes, I know, but I'd rather it were not spread around.

LELIO. Come, I'll not tell anyone. But to signora Beatrice, I'll...

FLORINDO. Neither to her.

LELIO. Oh, the devil! Can't I even speak about it to the future bride? Well, that's capital!

FLORINDO. If she were to know, in just three days, the whole of Bologna would know.

LELIO. Oh, come, what exaggeration. Friend, good cheer, I look forward to your wedding day. (*He leaves*).

SCENA X

Florindo *solo*.

Bella felicità, bellissima contentezza! Oh me infelice, in che impegno mi trovo! Che colpo è questo! Che caso novissimo non previsto e non mai immaginato! Che ho io da fare? Sposare la signora Beatrice? No certo. - Rifiutarla? - Ma come? - Lelio dirà che son volubile che son pazzo. - Andar via, fo male. - Restar? Fo peggio. - E la signora Rosaura che cosa dirà di me? Alla sua lettera non ho risposto. - Se viene a saper ch'io abbia a sposar la signora Beatrice che concetto formerà ella de' fatti miei? - Spero che Lelio non glie lo dirà; ma se glie lo dice? - Bisognerebbe disingannarla. Ma come ho io da fare? In questo caso orribile nel quale mi trovo, non so a chi ricorrere, nè so a chi domandare consiglio. Un unico amico che mi potrebbe consigliare, è quei che, manco degli altri, ha da sapere i contrasti delle mie passioni; dunque mi consiglierò da me stesso. Animo, spirito e risoluzione. Due cose son necessarie; una, parlar con Rosaura; l'altra andar via di Bologna. La prima, per un atto di gratitudine; la seconda, per salvar l'amicizia. - Facciamole tutte e due, e con questi due carnefici al cuore, amore da una parte, amicizia dall'altra, potrò dire che le due più belle virtù sono diventate per me i due più crudeli tormenti. (*parte*)

SCENA XI

Camera di Ottavio.

Rosaura *e* Colombina.

ROSAURA. Ma quella lettera a chi l'hai data?

COLOMBINA. Al facchino, ed egli in presenza mia l'ha consegnata a Trivella.

ROSAURA. Io dubito che il facchino non l'abbia data.

COLOMBINA. Vi dico che l'ho veduto io a darla al servitore del signor Florindo.

ROSAURA. Ed egli non mi risponde?

COLOMBINA. Non avrà avuto tempo.

ROSAURA. E anderà via senza darmi risposta?

70

SCENE X

Florindo *alone.*

What felicity? What great happiness? Oh, unhappy me! What's this mess I find myself in! What a blow is this? What new and unforeseen predicament; I could never have imagined this! What shall I do? Marry signora Beatrice? Of course not. Refuse her? But how? Lelio will say I'm fickle, that I'm insane. To leave would be bad, to stay would be worse. And, signora Rosaura, what would she think of me? I haven't even answered her letter. If she finds out that I'm promised to signora Beatrice, how on earth will she be able to make out my behaviour? I hope Lelio doesn't mention any of this to her. But, what if he does? I must undeceive her. How can I do that? I don't know who can help me out of this horrible predicament. I don't know who to turn to for advice. The only friend I could have confided in is the very one who is not to know where my passion really lies. Therefore, I am in this alone, whether in mind or spirit, and the resolution must be mine alone too. I must proceed as follows: first, I must speak to Rosaura; second, I must leave Bologna. In the first case, I must convey my gratitude and, in the second case, I must save my friendship. Let me go and dispatch them, let me dispatch them both. I can only say that the two most beautiful virtues, love and friendship, have now become my two cruellest torments. (*He leaves*).

SCENE XI

Ottavio's house.

Enter **Rosaura** *and* **Colombina**.

ROSAURA.   But, who did you give my letter to?

COLOMBINA.   To the porter, then he gave it to Trivella, in my presence.

ROSAURA.   I doubt the porter handed it to him.

COLOMBINA.   I tell you, I saw him hand it to signor Florindo's servant.

ROSAURA.   So why hasn't he answered?

COLOMBINA.   Perhaps he hasn't had time.

ROSAURA.   And, would he leave without giving me an answer?

COLOMBINA.   Può anche darsi. Chi s'innamora d'un forestiere non può aspettar altro.

ROSAURA.   Ciò mi pare impossibile. Il signor Florindo è troppo gentile, non può commettere una mal' azione. Senza rispondermi non partirà.

COLOMBINA.   E se vi risponde, che profitto ne avete voi?

ROSAURA.   Se mi risponde, qualche cosa sarà.

SCENA XII

Ottavio *e detta.*

OTTAVIO.   Ozio, ozio, non si fa nulla. (*passa e parte*)

COLOMBINA.   Che diavolo ha questo vecchio avaro? Sempre borbotta fra sè.

ROSAURA.   Non vedo l'ora di liberarmi da questa pena. (*Ottavio torna con una rocca e una calza su i ferri*).

OTTAVIO.   Garbate signorine? Ozio, ozio, non si fa nulla. Tenga e si diverta. - Tenga e passi il tempo. (*dà la calza a Rosaura e la rocca a Colombina*).

COLOMBINA.   Questo filare mi viene a noia.

OTTAVIO.   E a me viene a noia il pane che tu mi mangi. - Sai tu che in due anni e un mese che sei in casa mia, hai mangiato 2280 pagnotte?

COLOMBINA.   Oh! saprete ancora quanti bicchieri di vino ho bevuto.

OTTAVIO.   Tu non sei buona che a bere e a mangiare, e non sai far nulla.

ROSAURA.   Via, non la mortificate. Ella è una giovine che fa di tutto. Quell' asinone di Trappola non fa niente in casa; tutto fa Colombina.

COLOMBINA.   Maybe. What can one expect when falling in love with a foreigner from another city?

ROSAURA.   It seems impossible to me. Signor Florindo is a gentleman, he could not be guilty of an impolite action. He would not leave without answering my letter.

COLOMBINA.   And, if he does answer, what good will that do?

ROSAURA.   If he answers, something may come of it.

SCENE XII

Enter **Ottavio**.

OTTAVIO.   Idleness, idleness, there's no work going on around here. (*He passes and leaves*).

COLOMBINA.   What the devil is wrong with that old miser? He is always moaning to himself.

ROSAURA.   I can't wait to rid myself of this suffering. (*Ottavio returns with a distaff and a sock on knitting needles*).

OTTAVIO.   Here you are, young ladies! Idleness, idleness, there's no work going on around here. Take these and enjoy yourselves. Take these and have a good time. (*He gives the sock to Rosaura and the distaff to Colombina*).

COLOMBINA.   Spinning is boring business.

OTTAVIO.   I get bored with having to provide you with the bread you eat. Do you know that in the two years and a month you've been in this house, you have eaten 2280 bread rolls?

COLOMBINA.   Oh! And you'll even know how many glasses of wine I have drunk.

OTTAVIO.   All you are good for is eating and drinking, and you do not know how to do anything else.

ROSAURA.   Come now, do not humiliate her. She is young and does her best. That big ass, Trappola, does nothing around the house, he leaves it all to Colombina.

OTTAVIO. Trappola è il miglior servitore che io abbia mai avuto.

ROSAURA. In che consiste mai la sua gran bontà?

OTTAVIO. Io non gli do salario, si contenta di pane, vino e minestra, qualche volta gli do un uovo; ma oggi che ne ho rotti quattro non glielo do.

COLOMBINA. Se non gli date salario, ruberà nello spendere.

OTTAVIO. Ruberà? Vogliamo dir che rubi? - Possibile che mi rubi? - Se me ne accorgo, lo caccio subito di casa mia.

ROSAURA. E allora che vi servirà?

OTTAVIO. Farò io, farò io. Anderò io a spendere; e se spenderò io, non prenderò l'uova che passano per quest'anello.

COLOMBINA. Siete un avaro.

OTTAVIO. Ma! a chi è povero si dice avaro. Orsù, va' a stacciare la crusca: e della farina che caverai, fammi per questa sera una minestrina con due gocciole d'olio.

COLOMBINA. Volete far della colla per istuccar le budelle?

OTTAVIO. Ma! con quella farina che consumate nell'incipriarvi, in capo all'anno si farebbe un sacco di pane.

COLOMBINA. È con l'unto che voi avete intorno, si farebbe un guazzetto.

OTTAVIO. Impertinente! Va' via di qui.

COLOMBINA. Perché mi discacciate?

OTTAVIO. Va' via, che io voglio parlar colla mia figliuola.

COLOMBINA. Bene, anderò a fare una cosa buona.

OTTAVIO. Che cosa farai?

COLOMBINA. Una cosa utile per questa casa.

OTTAVIO. Brava; dimmi che cosa hai intenzione di fare?

COLOMBINA. Pregherò il cielo che crepiate presto. (*parte*)

OTTAVIO. Trappola is the best servant I've ever had.

ROSAURA. And, what is it that makes him so good?

OTTAVIO. I don't give him a salary. He makes do with bread, wine and soup; sometimes I give him an egg, but today he has broken four so he won't get any.

COLOMBINA. If you don't pay him a salary, he'll take the money himself when he goes shopping.

OTTAVIO. Rob me?! Are you saying he robs me? Is it possible that he robs me? If I catch him, I'll soon kick him out of my house.

ROSAURA. Then who'll serve you?

OTTAVIO. I'll do it myself, I'll do it myself. I'll go shopping myself, and if I do the shopping, I won't buy eggs that pass through this ring.

COLOMBINA. You are a miser.

OTTAVIO. Oh! Everyone who is poor is called a miser. Now, go and sift the bran; and from the flour produced, make me some soup for dinner this evening, and add two drops of oil to it.

COLOMBINA. Do you want me to make you some glue to bind your entrails with?

OTTAVIO. Oh! What, with the flour you use to powder yourself with, in a year, we could make a great amount of bread.

COLOMBINA. And with the grease you have about you, we could fry a great deal of food.

OTTAVIO. Impertinent girl! Get out of here.

COLOMBINA. Why are you sending me away?

OTTAVIO. Go away. I want to speak to my daughter.

COLOMBINA. Well, I shall leave, but I shall go and do a good turn first.

OTTAVIO. What will you do?

COLOMBINA. Something useful for this household.

OTTAVIO. Well done, tell me, what is it you intend to do?

COLOMBINA. I shall go and pray to heaven that you will soon drop dead. (*She leaves*).

SCENA XIII

Ottavio *e* Rosaura.

OTTAVIO. Oh disgraziata! così parla al padrone?

ROSAURA. Compatitela; lo dice per ischerzo?

OTTAVIO. La voglio cacciar via.

ROSAURA. Se la mandate via, avvertite che ella avanza il salario di un anno.

OTTAVIO. Basta; ditele che abbi giudizio. Figliuola mia, ho da parlarvi d'una cosa che importa molto.

ROSAURA. Io vi ascolto con attenzione.

OTTAVIO. Ditemi: amate voi vostro padre?

ROSAURA. L'amo teneramente.

OTTAVIO. Vorreste voi vedermi morire?

ROSAURA. Il cielo mi liberi da tal disgrazia.

OTTAVIO. Avreste cuore di darmi una ferita mortale?

ROSAURA. Non dite così che mi fate inorridire.

OTTAVIO. Dunque se non mi volete veder morire, se non mi volete dare una mortal ferita, non mi obbligate a privarmi di quanto ho al mondo per darvi la dote lasciatavi da vostra madre.

ROSAURA. Se non mi volete dar la dote, dunque non parlate di maritarmi.

OTTAVIO. Bene, che non se ne parli più.

ROSAURA. Ma il signor Lelio, con cui avete fatta la scrittura?

OTTAVIO. Se vi vuole senza dote, bene; se no, stracceremo il contratto.

SCENE XIII

Ottavio *and* **Rosaura**.

OTTAVIO. Oh, the wretched girl! Is that the way to speak to your master?

ROSAURA.   Have patience. She speaks in jest.

OTTAVIO.   I want to kick her out.

ROSAURA.   If you send her away, remember you will have to pay her the year's salary you owe her.

OTTAVIO.   Enough. Tell her to behave well. My dear daughter, I want to speak to you about something of utmost importance.

ROSAURA. Then I shall listen to you carefully.

OTTAVIO. Tell me, do you love your father?

ROSAURA.   I love him tenderly.

OTTAVIO.   Would you want to see me die?

ROSAURA.   Would that the heavens save me from such misfortune.

OTTAVIO. Would you have the heart to strike me with a mortal blow?

ROSAURA. Do not speak like that, you shock me.

OTTAVIO.   Therefore, if you do not want to see me die, if you don't want to strike me with a mortal blow, do not force me to part with all I have in the world by forcing me to provide you the dowry you inherited from your mother.

ROSAURA. If you do not want to provide me with a dowry, it means you do not want me to marry.

OTTAVIO.   Well, we'll say no more about it.

ROSAURA.   But you have drawn up a written agreement with signor Lelio.

OTTAVIO. All will be well, if he takes you without a dowry, otherwise we'll tear the contract up.

ROSAURA. Sì, sì, stracciamolo pure. (Questo è il mio desiderio.) Il signor Lelio non mi vorrà senza dote.

OTTAVIO. Ma, possibile che non troviate un marito che vi sposi senza dote? Tante e tante hanno avuta una tal fortuna; e voi non l'avrete?

ROSAURA. Orsù, io non mi curo di maritarmi.

OTTAVIO. Ma, cara Rosaura, or ora non so più come fare a mantenervi.

ROSAURA. Dunque mi converrà maritarmi.

OTTAVIO. Facciamolo, ma senza dote.

ROSAURA. In Bologna non vi sarà nessuno che mi voglia.

OTTAVIO. Dimmi un poco, quel Veneziano mi pare un galantuomo.

ROSAURA. Certamente; il signor Florindo è un giovane assai proprio e civile.

OTTAVIO. Mi ha sempre regalato.

ROSAURA. È generosissimo. Ha regalato anche Colombina.

OTTAVIO. Ha regalato anche Colombina? Bene, anderà in conto di suo salario. - Se questo signor Florindo avesse dell'amore per te, mi pare che si potrebbe concludere senza la pidocchieria della dote.

ROSAURA. (Ah lo volesse il cielo!)

OTTAVIO. Che bisogno ha egli di dote? È unico di sua casa, ricco, generoso. Oh! questo sarebbe il caso. Dimmi, Rosaura mia, lo piglieresti?

ROSAURA. Ah! Perché no? Ma il signor Lelio?

OTTAVIO. Lelio vuol la dote.

ROSAURA. Basta, ne parleremo.

OTTAVIO. Ora che mi è venuto questo pensiero nel capo, non sto bene, se non ci do dentro.

ROSAURA. Yes, yes. Tear it up by all means. (*Aside*) I couldn't wish for more. (*To Ottavio*) Signor Lelio won't accept me without a dowry.

OTTAVIO. Is it possible you can't find a man willing to marry you without wanting a dowry? A great many women have had that kind of good fortune, so why not you?

ROSAURA. Come now. I'm not in a hurry to marry.

OTTAVIO. But, dear Rosaura, I don't know if I can keep you any longer.

ROSAURA. Therefore, it is in my interest to marry.

OTTAVIO. Yes, but do so without a dowry.

ROSAURA. No-one in Bologna will want me.

OTTAVIO. Tell me something, that Venetian seems a perfect gentleman.

ROSAURA. Certainly. Signor Florindo is a most proper and civil young man.

OTTAVIO. He has brought me many gifts.

ROSAURA. He is most generous. He also brings gifts for Colombina.

OTTAVIO. For Colombina too? Well, I shall take the corresponding value off her salary. If this signor Florindo has any love for you, I believe we can come to an agreement without nit picking over a dowry.

ROSAURA. (*Aside*) Oh! Heaven look down on me.

OTTAVIO. What need has he of a dowry? He's an only child, rich and generous. Oh! He is the perfect suitor. Tell me Rosaura, would you marry him?

ROSAURA. Oh! Why not? What about signor Lelio?

OTTAVIO. Lelio wants a dowry.

ROSAURA. Enough for now. We can talk about it some other time.

OTTAVIO. Now that the idea has entered my head, I can't rest unless I follow it up.

SCENA XIV

Colombina *e detti.*

COLOMBINA. Signora, il signor Florindo desidera riverirvi.

ROSAURA. Il signor Florindo?

OTTAVIO. Ecco la quaglia venuta al paretaio.

ROSAURA. Digli che è padrone.

COLOMBINA. Ora lo fo passare.

OTTAVIO. Eh! ti ha donato nulla?

COLOMBINA. Che cosa volete saper voi?

OTTAVIO. Bene, bene, a conto di salario.

COLOMBINA. Se non mi darete il salario; me lo prenderò.

OTTAVIO. Come? Dove?

COLOMBINA. Da quel maledettissimo scrigno. (*parte*)

SCENA XV

Ottavio *e* Rosaura.

OTTAVIO.   Che scrigno? Io non ho scrigno. Una cassa di stracci, una cassa di stracci. - Maledetto sia chi nomina lo scrigno, maledetto me, se ho denari!

ROSAURA. Via, quietatevi, non vi riscaldate.

OTTAVIO. Colei mi vuol far crepare.

ROSAURA. Ecco il signor Florindo.

OTTAVIO. Digli qualche buona parola; se ha inclinazione per te, fa' che mi parli; io poi aggiusterò la faccenda. Spero che ti mariterai senza dote, e che tuo marito farà le spese anche per me. (*parte*)

SCENE XIV

Enter **Colombina**.

COLOMBINA. Signora, signor Florindo is here to pay his respects.

ROSAURA. Signor Florindo?

OTTAVIO. So the quail comes to the mesh.

ROSAURA. Please show him in.

COLOMBINA. I'll go and fetch him.

OTTAVIO. Has he brought you anything?

COLOMBINA. And what business is that of yours?

OTTAVIO. Fine, fine, I'll keep your salary.

COLOMBINA. If you don't give me my salary, I'll take it myself.

OTTAVIO. How? Where from?

COLOMBINA. From that damned coffer. (*She leaves*).

SCENE XV

Ottavio *and* **Rosaura**.

OTTAVIO. Which coffer? I don't have a coffer. It's just a chest full of rags, a chest full of rags. May whoever mentions a coffer be damned; may I be damned, if I have any money.

ROSAURA. Come now, calm down. Do not be so irate.

OTTAVIO. She wants to be the death of me.

ROSAURA. Here comes signor Florindo.

OTTAVIO. Whisper some sweet words to him. If he is interested in you, make sure he asks to see me; I shall settle it all. I hope you will marry without a dowry and that your husband will pay my part of the wedding expenses too. (*He leaves*).

SCENA XVI

Rosaura *sola.*

ROSAURA. Gran passione è quella dell'avarizia! Mio padre si fa miserabile, e nega darmi la dote, ma se ciò può contribuire a sciòglier l'impegno mio con Lelio, non ricuso di secondarlo. Se la sorte non vuole ch'io mi sposi al signor Florindo, altro marito non mi curo d'avere.

SCENA XVII

Florindo *e detta.*

FLORINDO. Signora Rosaura, ella dirà che sono troppo ardito, venendo a replicarle l'incomodo due volte in un giorno.

ROSAURA. Voi mi mortificate, parlando così; le vostre visite mi sono sempre care, ed ora le desidero piú che mai.

FLORINDO. Sono debitore di risposta ad una cortesissima lettera.

ROSAURA. Voi mi fate arrossire, parlandomi scopertamente della mia debolezza.

FLORINDO. Non ha occasione d'arrossire per una passione che vien regolata dalla prudenza.

ROSAURA. Signor Florindo, ditemi in grazia una cosa, prima di parlar d'altro: siete ancor risoluto di partire domani?

FLORINDO. Vedo che sarò in necessità di farlo.

ROSAURA. Per qual cagione?

FLORINDO. Perché la violenza d'amore non m'abbia da mettere in cimento di tradire un amico.

ROSAURA. Dunque mi amate?

FLORINDO. A chi ha avuto la bontà di confidarmi il suo cuore, è giusto che confidi il mio. Signora Rosaura, l'ho amata dal primo giorno che l'ho veduta, e adesso l'amo assai più.

SCENE XVI

Rosaura *alone*.

I could come to love avarice! My father's miserly refusal in providing me with a dowry could lead to breaking off my engagement to Lelio. I can but agree with my father. If fate does not intervene to favour my marriage to signor Florindo, I refuse to take anyone else as my husband.

SCENE XVII

Enter Florindo.

FLORINDO.   Signora Rosaura, you will think I am most impudent to trouble you twice in one day.

ROSAURA.   You offend me by apologising for your visits; they are always dear to me, and I look forward to them more and more.

FLORINDO.   I owe you an answer to your most courteous letter.

ROSAURA.   You make me blush by speaking outright to me about a moment of weakness.

FLORINDO.   You have no reason to blush, if your passion is checked by prudence.

ROSAURA.   Signor Florindo, tell me straight, before we speak about other matters, do you still intend to leave tomorrow?

FLORINDO.   I see that I shall be obliged to.

ROSAURA.   For what reason?

FLORINDO.   Lest the violence of love makes me betray a friend.

ROSAURA.   So you love me?

FLORINDO.   Since you have had the goodness of opening up your heart to me, it is only fair that I open up mine to you. Signora Rosaura, I've loved you since the first time I set my eyes on you, and now I love you even more.

ROSAURA. Mi amate e avete cuor di lasciarmi?

FLORINDO. Conviene far degli sforzi per salvare il decoro, per non espormi alla critica e alla derisione.

ROSAURA. Ma se si trovasse qualche rimedio facile e sicuro per far che Lelio mi rinunziasse, sareste in grado d'accettare la mia mano?

FLORINDO. È superfluo il figurarsi cose così lontane.

ROSAURA. Favoritemi, sedete per un momento.

FLORINDO. Bisogna che vada via, signora.

ROSAURA. Questa sola grazia vi chiedo, ed avrete cuor di negarmela? Sedete per un poco, ascoltatemi, e poi ve ne andrete.

FLORINDO. (Ci sono, bisogna starvi.) (*siedono*)

ROSAURA. Spero, mediante la confidenza che vi farò delle cose domestiche della mia casa, aprirvi il campo di sperare ciò che or vi sembra difficile. Sappiate che mio padre...

SCENA XVIII

Lelio *e detti.*

LELIO. Oh! Amico, ho piacere di qui ritrovarvi.

FLORINDO. Era qui... per voi, signor Lelio, per cercare di voi. (*s'alza*)

LELIO. State fermo, non vi muovete.

ROSAURA. Signor Lelio, entrare senz'ambasciata mi pare troppa confidenza.

LELIO. È una libertà che la sposa può donare allo sposo.

ROSAURA. Questa libertà qualche volta non se la prendono tampoco i mariti.

FLORINDO. Mi dispiace che per causa mia...

LELIO. No, no; niente affatto. Io prendo per bizzarrie i rimproveri della Signora Rosaura. Signora, vi contentate che sieda ancor io?

ROSAURA.   You love me, and you have the heart to leave me?

FLORINDO.   We had better strive to keep decorum. We must not expose ourselves to derision.

ROSAURA.   But if by simple and safe means a solution is found, whereby Lelio renounces me, would you be willing to accept my hand?

FLORINDO.   It is useless for us to imagine something as remote as that.

ROSAURA.   Do me the courtesy of taking a seat for a moment.

FLORINDO.   I must go, signora.

ROSAURA.   You cannot have the heart to refuse me just this one request. Please sit down for a moment and listen to what I have to say, and then you may leave.

FLORINDO.   (*Aside*) Since I'm here, I must abide. (*They sit down*).

ROSAURA.   By sharing the secrets of my house with you, you will come to understand how new grounds of hope can be found for us which must seem quite impossible to you now. You must know that my father...

SCENE XVIII

Enter **Lelio**.

LELIO.   Oh, friend. What a pleasure to meet you here!

FLORINDO.   I came here... in the hope of finding you, signor Lelio. (*He gets up*).

LELIO.   Remain seated, don't move.

ROSAURA.   Signor Lelio, to enter without being announced, seems to me to behave with too much familiarity.

LELIO.   It is the liberty that a bride-to-be can grant her future husband, surely.

ROSAURA.   That liberty is sometimes not even granted to husbands.

FLORINDO.   I apologise for being the cause...

LELIO.   No, no; nothing of the sort. I consider signora Rosaura's rebukes part of her eccentricity. Signora, am I still allowed to take a seat?

ROSAURA. Siete padrone d'accomodarvi.

LELIO. Vi prenderemo in mezzo. Florindo ed io siamo due amici, che formano una sola persona; volgetevi di qua e volgetevi di là, è la stessa cosa.

ROSAURA. Se è lo stesso per voi, non è lo stesso per me.

FLORINDO. (Neppure per me.)

LELIO. Acciò abbiate meno riguardi, signora Rosaura, a trattare col signor Florindo, sappiate che egli non solo è mio amico, ma è mio congiunto.

FLORINDO. (Sto fresco!)

ROSAURA. Come? vostro congiunto?

LELIO. Quanto prima egli sposerà mia zia.

ROSAURA. (*verso Florindo con ironia*) Signore, me ne rallegro.

LELIO. Signor Florindo, non intendo violare il segreto, comunicandolo alla signora Rosaura. Ella è donna savia e prudente e poi dovendo essere mia sposa, ha ragione di saperlo.

ROSAURA. (*con ironia verso Florindo*) Io dunque non lo doveva sapere?

FLORINDO. (Mi sento scoppiare il cuore.)

ROSAURA. Domani non partirà per Venezia.

LELIO. Oh pensate! Non partirà certamente.

ROSAURA. (*verso Florindo come sopra*) Eppure m'era stato detto che egli partiva.

FLORINDO. Signora sì, partirò senz'altro.

LELIO. Caro Florindo, mi fate ridere. Questa è una cosa che si ha da sapere. È un mese che ha dell'inclinazione per mia zia, e solamente questa mattina lo ha palesato con una lettera.

ROSAURA. (*ironicamente a Florindo*) Con una lettera?

FLORINDO. Per amor del cielo non creda tutto ciò che egli dice.

ROSAURA. You may make yourself comfortable.

LELIO. (*To Rosaura*). You shall sit between us. Florindo and I are two friends who form one person. You may turn towards him, or towards me, it is the same.

ROSAURA. It may be the same for you, but it is not the same for me.

FLORINDO. (*Aside*) And neither is it the same for me.

LELIO. Signora Rosaura, you need not fear confiding in signor Florindo for, not only is he my friend, but he will also soon be related to me.

FLORINDO. (*Aside*) Oh, I'm in trouble now.

ROSAURA. Related to you? How?

LELIO. He is going to marry my aunt before long.

ROSAURA. (*Ironically, to Florindo*) Signor Florindo, I congratulate you.

LELIO. Signor Florindo, your secret will be safe with signora Rosaura. She is a wise and prudent woman and, furthermore, since she'll soon be my wife, she has a right to know.

ROSAURA. (*Ironically, to Florindo*) So, I was not supposed to know?

FLORINDO. (*Aside*) I feel as though my heart is about to explode.

ROSAURA. So he will not leave for Venice tomorrow.

LELIO. Oh! I think, he will certainly not leave.

ROSAURA. (*Ironically, to Florindo*) Yet, he told me he would leave.

FLORINDO. Yes, signora, I'm leaving without a doubt.

LELIO. Dear Florindo, you make me laugh. This news must be shared. It is now a month that you have had these feelings for my aunt, and only this morning did you open your heart up in a letter.

ROSAURA. (*Ironically, to Florindo*) In a letter?

FLORINDO. For heaven's sake, do not believe everything he says.

LELIO.   Oh compatitemi! Colla signora Rosaura non voglio passare per bugiardo. (*mostra la lettera a Rosaura*). Osservate la lettera che egli scriveva a mia zia.

ROSAURA.   (*a Florindo ironicamente*). Bravissimo, me ne consolo.

FLORINDO.   In quella lettera non vi è il nome della signora Beatrice.

ROSAURA.   Eh via, non abbiate riguardo a dire la verità. Finalmente la signora Beatrice ha del merito. Vedo da questa lettera che l'amate.

FLORINDO.   Non mi pare che quella lettera dica questo.

LELIO.   Vi torno a dire, qui possiamo parlare con libertà. Siamo tre persone interessate per la medesima causa. Altri non lo sapranno fuori di noi. Ma non mi fate comparire un babbuino.

ROSAURA.   Caro signor Florindo, quello che avete a fare, fatelo presto.

FLORINDO.   Non mi tormenti per carità.

LELIO.   Sì, faremo due matrimoni in un tempo stesso. Voi darete la mano a Beatrice, quando io la darò alla signora Rosaura.

ROSAURA.   Signore se volete aspettare a dar la mano alla vostra sposa, quando io la darò al signor Lelio, dubito che non soffrirà l'impazienza del vostro amore. Mio padre non mi può dare la dote, io sono una miserabile, e non conviene alla casa del signor Lelio un matrimonio di tal natura, nè io soffrirei il rimprovero de' suoi congiunti. Sollecitate dunque le vostre nozze, e non pensate alle mie. (*parte*)

SCENA XIX

Florindo *e* Lelio.

LELIO.   (Come! Il padre non le può dare, o non le vuol dare la dote!)

FLORINDO.   (Ah! Quanto avrei fatto meglio a partirmi.)

LELIO.   Amico, avete udito?

FLORINDO.   Ho udito, come mi avete mantenuto bene la parola.

LELIO.   Bear with me! I don't want to be thought a liar by signora Rosaura. (*He shows the letter to Rosaura*). Look, this is the letter he wrote to my aunt.

ROSAURA.   (*Ironically, to Florindo*) Well done! I'm most happy for you.

FLORINDO.   Signora Beatrice's name does not appear in the letter.

ROSAURA.   Come now. Do not be afraid of stating the truth. After all, signora Beatrice has her merits. It is clear from this letter that you are in love with her.

FLORINDO.   I don't believe that is stated in the letter.

LELIO.   I repeat, we can speak freely here. We three are interested in the same cause. Others will not hear of this. But do not make a monkey of me.

ROSAURA.   Dear signor Florindo, do what you must do, and do it straightaway.

FLORINDO.   Do not torment me, for God's sake.

LELIO.   Yes, we shall celebrate two marriages at the same time. You will give your hand to Beatrice, when I give mine to signora Rosaura.

ROSAURA.   Signor, if you wish to wait and give your hand to your betrothed, when I give mine to signor Lelio, I think you will suffer impatience. My father cannot provide me with a dowry. I'm poor and a similar marriage is not convenient to signor Lelio's household. Neither could I suffer the rebuke from his relatives. Therefore, establish your wedding day in haste and do not worry about mine. (*She leaves*).

SCENE XIX

Florindo *and* Lelio.

LELIO.   (*Aside*). What! Her father cannot provide her, or does not want to provide her with a dowry!

FLORINDO. (*Aside*) Oh! It would have been so much better if I had left.

LELIO. Friend, did you hear that?

FLORINDO.   Yes, I heard that. How you keep your word!

LELIO. Vi domando scusa; il dirlo alla signora Rosaura non riporta alcun pregiudizio. Ma, Florindo carissimo, avete inteso? La signora Rosaura è senza dote.

FLORINDO. Per una fanciulla questa è una gran disgrazia.

LELIO. Che cosa mi consigliereste di fare? Sposarla, o abbandonarla?

FLORINDO. Non so che dire: su due piedi non sono buono a dar questa sorta di consigli.

LELIO. Oh bene. Io vado a parlare col di lei padre, e poi sarò da voi. Aspettatemi, che partiremo insieme. Io voglio dipendere unicamente dal vostro consiglio. Se mi consiglierete sposarla, la sposerò; se lasciarla, la lascerò. L'amo, ma non vorrei rovinarmi. Pensateci, e se mi amate, disponetemi a far tutto quello che voi fareste nel caso mio. Amico, in voi unicamente confido. (*parte*)

SCENA XX

Florindo *solo.*

Anche questo di più. Esser io obbligato a consigliarlo a fare una cosa, che ogni maniera per me ha da essere sempre di pregiudizio? Se lo consiglio a sposarla, faccio due mali, uno a lui, uno a me. A lui, che per causa mia si ammoglierebbe senza la dote; a me, che perderei la speranza di poter conseguire Rosaura. Se lo consiglio a lasciarla, de' mali ne faccio tre, uno rispetto a Lelio, privandolo d'una donna che egli ama; uno rispetto a Rosaura, impedendo ch' ella si mariti; e l'altro riguardo a me, perché se la sposo, l'amico dirà che l'ho consigliato a lasciarla per penderla io. Dunque che deggio fare? Ho io più bisogno di essere assistito, di essere illuminato. (*parte*)

FINE DELL' ATTO SECONDO

LELIO. I beg forgiveness. However, confiding in signora Rosaura cannot damage anyone. But, my dearest Florindo, don't you understand? Signora Rosaura is without a dowry.

FLORINDO. That is certainly a great misfortune for a young lady.

LELIO. What do you recommend I do? Marry her or abandon her?

FLORINDO. I can't say. I'm not able to give advice on such an important matter with so little notice.

LELIO. Oh, well. I'll go and speak to her father, then I'll come back here. Please wait for me so we can leave together. I depend solely on your advice. If you recommend that I marry her, I shall do so. If you believe I should leave her, I shall do so. I love her but do not want to ruin myself. Please think about it and, if you love me, be ready to make arrangements for me in the same way as you would do for yourself. My friend, you are the only one I trust. (*He leaves*).

SCENE XX

Florindo *alone*.

That's all I need. Now I'm obliged to give him advice. Whatever I decide to say, I'm bound to be in the wrong. If I advise him to marry her, I shall wrong two people: Lelio and myself. Lelio, because if he marries her, he would not receive a dowry; and myself, because I would lose all hope of marrying Rosaura. If I advise him to leave her, I would wrong three people: Lelio, because it would deprive him of the woman he loves; Rosaura, because she is prevented from marrying; and myself, because if I marry her, my friend would say that I purposely gave him misleading advice so that she would be free to marry me. Therefore, how do I proceed? I need assistance in comprehending this matter clearly. (*He leaves*).

END OF ACT TWO

ATTO TERZO

SCENA I

Camera di Ottavio con letto.

Ottavio *solo, guarda se vi è nessuno e serra la porta.*

Qui nessuno mi verrà a rompere il capo. In questa camera, dove io dormo, nessuno ardisce venire. Non voglio che la servitù veda i fatti miei; non voglio che, col pretesto di rifarmi il letto, di spazzarmi la camera, vedano quello scrigno che sta lí sotto. Pur troppo hanno preso di mira lo scrigno grande, in cui tengo le monete d'argento; e mi dispiace che è incassato nel muro, e non lo posso trasportar qui. Ma finalmente in quello non vi è il maggior capitale. (*tira lo scrigno di sotto il letto*). Qui sta il mio cuore, qui è il mio idolo, qui dentro si cela il mio caro, il mio amatissimo oro. Caro, adorato mio scrigno, lasciati rivedere; lascia che mi consoli, che mi ristori, che mi nutrisca col vagheggiarti. Tu sei il mio pane, tu sei il mio vino; tu sei le mie preziose vivande, i miei passatempi, la mia diletta conversazione; vadano pure gli sfaccendati a' teatri, alle veglie, ai festini; io ballo, quando ti vedo, io godo quando s'offre ai miei lumi l'amento spettacolo di quel bell'oro. Oro, vita dell'uomo; oro, consolazione dei miseri, sostengno dei grandi e vera calamita dei cuori. - Ah! Che nell' aprirti mi trema il cuore. - Temo sempre, che qualche mano rapace mi ti abbia scemato. Ohimè! Son tre giorni, ch'io non t'accresco. Povero scrigno! Non pensar già, ch'io t'abbia levato l'amore; a te penso s'io mangio, te sogno s'io dormo. Tutte le mie cure a te sono dirette. Per accrescerti, o caro scrigno, arrischio il mio denaro al venti per cento, e spero in meno di dieci anni, darti un compagno non meno forte, non meno pieno di te. Ah! Potess'io viver mill'anni, e potess'io ogni anno accrescere un nuovo scrigno, e in mezzo a mille scrigni, morire... Morire? Ho da morire? Povero scrigno! Ti ho da lasciare? - Ah che sudore! Presto, presto lasciami riveder quell'oro, consolami, non posso più. (*apre lo scrigno*). Oh belle monete di Portogallo! Ah come ben coniate! Io mi ricordo avervi guadagnate per tanto grano nascosto in tempo di carestia. Tanti sgraziati allora piangevano, perché non avevano pane, ed io rideva che guadagnava le portoghesi. - Oh belli zecchini! Oh! Cari i miei zecchini tutti traboccanti, e sembrano fatti ora. Questi gli ho avuti da quel figlio di famiglia il quale per cento scudi di capitale, dopo la morte di suo padre, ha venduto, per pagarmi, una possessione. Oh bella cosa! Cento scudi di capitale in tre anni mi hanno fruttato mille scudi.

ACT THREE

SCENE I

Scene.   Ottavio's bedroom

Ottavio, alone in his room, looks into the corridor to see if anyone is coming then locks the door.

Nobody will disturb me here. No-one would ever dare set foot in this room where I sleep. I don't want the servants poking their noses into my affairs. Whilst making my bed or sweeping the floor they might see the coffer under there. Unfortunately, they have already discovered the big coffer containing my silver coins but, to my annoyance, it is set into the wall, so I can't bring it here. After all, it only contains a small part of my capital. *(He pulls out the coffer from under his bed).* This is where my heart is, this is my idol, this is where my dearest is hidden, my beloved gold. My dear adorable coffer, let me look at you again; let me be consoled by you, restored by you, nourished by admiring you. You are my bread, you are my wine, you are my favourite food, my pastime, my delightful conversationalist. Let the idle go to the theatre, to their night parties; I dance when I see you; I enjoy myself when the pleasing show of this beautiful gold is offered to me. Gold, life of man; gold, the consolation of the wretched, prop of the great, and the very magnet of hearts. Oh! opening you makes my heart quiver. I live in fear of some rapacious hand emptying you. Alas, it's three days since I added anything to you. Poor coffer! Don't think I have fallen out of love with you; I think of you when I eat, and dream of you when I sleep. All my attention is directed to you. To add more to you, oh my dear coffer, I'm risking my money at twenty percent, and I hope, in less than ten years, to give you a companion no less robust than you, no less full than you. Oh! if I could live a thousand years, if I could have an extra coffer a year, and in the midst of a thousand coffers, and in the midst of a thousand coffers to die... To die? Will I die? My poor coffer! Will I have to leave you? Oh I'm sweating! Quick, quick, let me see that gold again, console me, I can wait no longer. *(He opens the coffer).* Oh beautiful Portuguese coins! Ah, how well you have been minted. I can remember earning you by hiding corn during the famine. All those wretches crying for bread, whilst I hoarded Portuguese doubles. Oh, my beautiful pure gold; so brilliant that you seem to have been just minted. These I received from the son of that family who for a sum of one-hundred escudos, after the death of his father, sold his property to pay off his debts to me. Oh, wonderful! The sum of one-hundred escudos in three years has yielded one-thousand escudos.

SCENA II

Trappola *e detto.*

TRAPPOLA. *(dall'alto del prospetto mette fuori la testa dalla tappezzerìa, osserva, e dice:)* (Oh vecchio maledetto! - Guarda, quant'oro!)

OTTAVIO. Queste doppie di Spagna son mal tagliate, ma sono di perfettissimo oro, e quello che è da stimarsi, sono tutte di peso.

TRAPPOLA. (Oh! Io, io le farò calare.)

OTTAVIO. Queste le ho avute in scambio di tanto argento colato, portatomi di nascosto da certi galantuomini che vivono alla campagna per risparmiare la pigione di casa. - Oh è pur dura questa pigione! Quando ho da pagar la pigione, mi vengono i sudori freddi. Quanto volentieri mi comprerei una casa; ma non ho cuore di spendere duemila scudi.

TRAPPOLA. *(getta un piccolo sasso verso lo scrigno e si nasconde)*

OTTAVIO. Ohimè! Che è questo? Ohimè! Casca il tetto; precipita la casa! - Caro il mio scrigno! Ah! Voglia il cielo che tu non resti sepolto sotto le rovine.

TRAPPOLA. (Maledettissimo! Ha più paura dello scrigno, che della sua vita.) *(starnuta e si nasconde)*

OTTAVIO. Che è di là? Chi va là? Presto. Povero me! Gente in camera; sono assassinato. Ma qui non vi è nessuno. La porta è serrata. Eh sono malinconie. Caro il mio oro...

TRAPPOLA. *(contraffacendo la voce forte)* Lascia star, lascia star.

OTTAVIO. Chi parla? Come? Dove siete? Chi siete?

TRAPPOLA. Il diavolo. *(parte)*

SCENE II

Enter **Trappola.**

High up in the wall, Trappola pushes his head through the wallpaper, looks around, and speaks.

TRAPPOLA *(Aside)* Oh, cursed old man! Look at all that gold!

OTTAVIO. These doubles from Spain are badly cut, but they're pure gold; it's their weight that gives them their worth.

TRAPPOLA. *(Aside)* Oh! I'll take some of those away.

OTTAVIO. These I had in exchange for a great quantity of cast silver. They were brought to me in secret by some gentlemen who, so as to save on the rent, lived out in the countryside! Paying rent is hard. When rent-day draws near I, too, break out in a cold sweat. I would willingly buy myself a house but cannot bear to part with two-thousand escudos.

TRAPPOLA. *(Throws a small stone in the direction of the coffer, then hides himself).*

OTTAVIO. Alas! What's this? Alas! The ceiling is crumbling, the house is falling down! My dear coffer! Ah! Heaven forbid that you be buried under the rubble.

TRAPPOLA. *(Aside)* The cursed man! He worries more about his coffer than his own life. *(He sneezes and hides).*

OTTAVIO. Who's there? Who goes there? Quick. Poor me! There's someone in my room, I'll be killed. But there's no-one here. The door is locked. Now, now, what sad thoughts. My dear gold...

TRAPPOLA. *(In a disguised loud voice)* Don't touch, don't touch.

OTTAVIO. Who's speaking? How? Where are you? Who are you?

TRAPPOLA. The devil. *(He leaves).*

SCENA III

Ottavio *solo*.

Ohimè! Ohimè! Brutto demoni, che cerchi? Che vuoi? Ah! se tu vieni per prendere, prendi me, e lascia stare il mio oro. Presto, ch'io lo riponga; presto, ch'io lo chiuda; tremo tutto. Avrei bisogno d'un poco d'acqua; ma prima voglio riporre il mio scrigno. Ohimè! Non posso più. Trappola... Ah! No, non voglio che egli veda lo scrigno. Lo riporrò sotto il letto... Ma non ho forza. – M'ingegnerò. - Ah! Demonio, lasciami stare il mio oro, lasciamelo godere anche un poco. (*lo spinge e lo fa andar sotto il letto*). Eccolo riposto; ora vado a bever l'acqua per lo spavento che ho avuto. È ben coperto? - Si vede? - Sarebbe meglio, ch'io stèssi qui... Ma se ho bisogno di bere. Anderò, e tornerò. Farò presto. Due sorsi d'acqua, e torno. (*apre ed incontra Lelio*).

SCENA IV

Lelio *e detto*.

OTTAVIO.   Aiuto, il diavolo.

LELIO.   Che cosa avete, signor Ottavio?

OTTAVIO.   Ohimè, non posso più.

LELIO.   Che cosa è stato?

OTTAVIO.   Che cosa volete qui?

LELIO.   Veniva per parlarvi.

OTTAVIO.   Andate via; qui non ricevo nessuno.

LELIO.   Vi dico due parole, e me ne vado.

OTTAVIO.   Presto... Non posso più.

LELIO.   Ma che avete?

OTTAVIO.   Ho avuto paura.

LELIO.   Di che?

SCENE III

Ottavio *alone.*

Alas! Alas! Ugly demon, what are you looking for? What do you want? Ah! if you've come to fetch something, take me, and let my gold be. Quick, let me put it back; quick, let me lock it up; I'm shaking all over. I need a drink of water, but first, I want to put the coffer back in its place. Alas! I can't do it... Trappola... Oh! No, I don't want him to see the coffer. I'll put it back under the bed... But I don't have the strength. I'll sharpen my wits. Ah! Demon, let my gold be, let me enjoy it for a short while. *(He pushes it under the bed).* There, it's back in its place. I'll have a glass of water now, to quell the fright I've had. Is it well covered? Can it be seen? It would be better if I stayed... But I need to drink. I'll go and come back, I'll be quick. Two gulps of water, and I'll be back. *(He opens the door and meets Lelio).*

SCENE IV

Enter Lelio.

OTTAVIO. Help, the devil.

LELIO. What's wrong, signor Ottavio?

OTTAVIO. Alas, I can take no more.

LELIO. What happened?

OTTAVIO. What are you doing here?

LELIO. I want to speak to you.

OTTAVIO. Go away, I don't receive people here.

LELIO. Just a few words, and then I'll go.

OTTAVIO. Be brief... I can't stand this.

LELIO. What's wrong?

OTTAVIO. I've had a fright.

LELIO. What was it?

OTTAVIO. Non lo so.

LELIO. Andata a prender qualche ristoro.

OTTAVIO. In casa non ho niente.

LELIO. Fatevi cavar sangue.

OTTAVIO. Non ho denari da pagare il cerusico.

LELIO. Bevete dell'acqua.

OTTAVIO. Sì, andiamo.

LELIO. Andate, ch'io vi aspetto qui.

OTTAVIO. Signor no; venite ancor voi.

LELIO. Vi ho da parlare in segreto.

OTTAVIO. Via, parlate.

LELIO. Andate a bever l'acqua.

OTTAVIO. Sto meglio un poco; parlate.

LELIO. Manco male. - Io, come sapete, sono in parola di sposar vostra figlia.

OTTAVIO. Ohimè! L'acqua; non posso più.

LELIO. Ma a concludere queste nozze ci vedo molte difficoltà. Andate a bevere, poi parleremo.

OTTAVIO. Mi passa, mi passa, parlate.

LELIO. Voi le dovreste dare la dote.

OTTAVIO. Acqua, acqua, che mi sento morire.

LELIO. Una parola ed ho finito. Ho sentito dire dalla signora Rosaura che denaro voi non ne avete.

OTTAVIO. Pur troppo è la verità.

LELIO. Dunque andate a bevere, poi parleremo.

OTTAVIO. I don't know.

LELIO. Why don't you get yourself some refreshment?

OTTAVIO. I've nothing in the house.

LELIO. Why don't you have some blood drawn?

OTTAVIO. I don't have enough money to pay a blood-letter.

LELIO. Have a drink of water.

OTTAVIO. Yes, let's go.

LELIO. You go, I'll wait here.

OTTAVIO.   No, sir; come with me.

LELIO. I need to speak to you in private.

OTTAVIO. Go ahead, speak.

LELIO. Have a drink, first.

OTTAVIO. I feel a little better now; tell me what is it?

LELIO.   Thank heavens. As you are aware, I am betrothed to your daughter.

OTTAVIO.   Alas! Some water; I can't take this.

LELIO. However, many difficulties have arisen. Go, quench your thirst, and then we'll talk about it.

OTTAVIO. It's dying down, it's dying down; go on, continue.

LELIO. You should provide your daughter with a dowry.

OTTAVIO. Water, water! I'm about to expire.

LELIO.   One more thing, and I will have finished. I heard signora Rosaura say that you have no money.

OTTAVIO. Unfortunately, it's true.

LELIO. Well, have a drink, then we'll speak about it.

OTTAVIO.   Mi passa. Terminiamo il discorso.

LELIO.   Volete maritar la figlia senza dote?

OTTAVIO.   Bene; io non la mariterò.

LELIO.   E l'impegno che avete mecco?

OTTAVIO.   Se poi la volete per impegno, prendetela; ma senza dote.

LELIO.   (*alterato*) Sposarla senza dote?

OTTAVIO.   Se non volete, lasciate stare.

LELIO.   (*passeggia verso il letto*) Non mi sarei creduto una cosa simile.

OTTAVIO.   Dove andate? La porta è qui.

LELIO.   (*come sopra*) Dovrò abbandonar la signora Rosaura?

OTTAVIO.   Ma io non posso più.

LELIO.   Giuro al cielo! O sposarla senza dote, o lasciarla?

OTTAVIO.   Una delle due.

LELIO.   O rovinar la mia casa, o privarmi d'una giovane che tanto amo?

OTTAVIO.   Avete finito di passeggiare?

LELIO.   Ohimè. Mi vien caldo.

OTTAVIO.   Dove andate?

LELIO.   (*siede sul letto*) Lasciatemi sedere un poco.

OTTAVIO.   (Oh poveretto me! lo scrigno.)

LELIO.   (*s'alza*) Ma no.

OTTAVIO.   (Manco male.)

OTTAVIO. I'm feeling better. Finish what you were saying.

LELIO.   Are you thinking of marrying off your daughter without providing a dowry?

OTTAVIO. Well; I'm not going to let her marry.

LELIO. And what happened to our agreement?

OTTAVIO.   If you wish to honour your commitment, you can have her, but without a dowry.

LELIO. *(Angry)* Marry her without a dowry?

OTTAVIO. Otherwise you can leave her.

LELIO. *(He walks towards the bed).* I could never have imagined this.

OTTAVIO. Where are you going? The door's this way.

LELIO.   *(He continues to proceed towards the bed).* Will I have to leave signora Rosaura?

OTTAVIO. I can't stand this any longer.

LELIO. For heaven's sake! Marry her without a dowry, or leave her?

OTTAVIO. One of the two.

LELIO. Ruin myself, or deny myself the lady I love so much.

OTTAVIO. Have you finished walking up and down?

LELIO. Oh! God! It's hot in here.

OTTAVIO.   Where are you going?

LELIO. *(He sits on the bed).* Let me sit down a while.

OTTAVIO. *(Aside)* Oh, poor me! the coffer.

LELIO. *(He gets up).* But no.

OTTAVIO. *(Aside).* Thank heavens.

LELIO.   Parlerò con Florindo.

OTTAVIO.   Signor sì.

LELIO.   Qualche cosa risolverò. (*parte*)

OTTAVIO.   È andato via? - Addio, scrigno, addio, caro. Vado e torno. Ti lascio il cuore. (*parte*)

SCENA V

Camera di Rosaura con lumi.

Rosaura *sola*.

E sarà vero che Florindo si prenda spasso di me? Ch'egli mostri dell'inclinazione per l'amor mio, nel tempo stesso che con Beatrice stabilisce le nozze? - Ma perché dirmi che parte, se devesi trattener per la sposa? Parmi ancora impossibile che ciò sia vero. Parmi impossibile che Florindo ami una donna di quell'età e la desideri per sposa. Dubito che Lelio abbia una simil favoletta inventata per qualche sospetto che abbia di Florindo e di me concepito con animo di scoprire per questo mezzo il mio cuore. - Ma se Florindo stesso alla presenza di Lelio lo ha confermato? - Eh! lo può aver detto per secondar l'amico. - Ma se avesse egli dell'amore per me, non mi avrebbe dato un sì gran tormento. - Non so che dire; non so che pensare.

LELIO. I will speak to Florindo about this.

OTTAVIO. Yes, sir.

LELIO. Some solution will be found. *(He leaves).*

OTTAVIO. Has he gone? Goodbye, my dear coffer. I'll be back soon. My heart be with you. *(He leaves).*

SCENE V

Rosaura's candlelit room.

Rosaura *is alone.*

Can it be true that Florindo is leading me on? Can he show so much interest in me and, at the same time, decide to marry Beatrice? Why did he say he would leave, if he is about to get married here? It seems impossible to me that this is all true. It seems impossible that Florindo should love a woman of that age, and, moreover, wishes to marry her. I can't believe Lelio would invent such a fanciful story as a means of uncovering my heart's secret because of his suspicions regarding Florindo and me. But Florindo himself admitted it, in the presence of Lelio. Oh, he could have said this to please his friend. But if he loved me, he would not have tormented me so. I don't know what to say; I don't know what to think.

SCENA VI

Colombina e detta, poi **Beatrice** *di dentro.*

COLOMBINA. Signora padrona, una visita.

ROSAURA. E chi è?

COLOMBINA. La signora Beatrice che viene per riverirla.

ROSAURA. Venga pure che viene a tempo.

COLOMBINA. Dopo questa visita, vi ho da raccontare una cosa bella.

ROSAURA. E che cosa?

COLOMBINA. Ve la dirò.

ROSAURA. Dimmela ora.

COLOMBINA. La signora Beatrice aspetta.

ROSAURA. Che aspetti. Levami questa curiosità.

COLOMBINA. Trappola ha scoperto lo scrigno dell'oro di vostro padre.

ROSAURA. Dove?

COLOMBINA. In camera sua sotto il letto.

BEATRICE. (*di dentro*) V'è in casa la signora Rosaura?

COLOMBINA. Sentite? Vado.

ROSAURA. V'è dell'oro assai?

COLOMBINA. Assai.

ROSAURA. Come l'ha veduto?

COLOMBINA. Oh! siete più curiosa di me. Parleremo, parleremo. (*parte*)

SCENE VI

Enter **Colombina**. **Beatrice** *in backstage.*

COLOMBINA. Madam, a visitor.

ROSAURA. Who is it?

COLOMBINA. Signora Beatrice is here to see you.

ROSAURA. Show her in. She has come at an agreeable moment.

COLOMBINA. I have some news for you, I'll tell you after the visit.

ROSAURA. What is it?

COLOMBINA. I'll tell you presently.

ROSAURA. Tell me now.

COLOMBINA. But signora Beatrice is waiting.

ROSAURA. Let her wait. Relieve me from this suspense.

COLOMBINA. Trappola has discovered your father's coffer containing gold.

ROSAURA. Where?

COLOMBINA. In his chamber, under the bed.

BEATRICE. *(Off stage)* Is signora Rosaura at home?

COLOMBINA. Hear that? I'll have to go.

ROSAURA. Is there a lot of gold?

COLOMBINA. A lot.

ROSAURA. How did he discover it?

COLOMBINA. Oh! You are more inquisitive than me. We'll talk about it, we'll talk about it later. *(She leaves).*

SCENA VII

Rosaura *e* Beatrice.

BEATRICE. Amica, compatitemi.

ROSAURA. A voi chiedo scusa, se vi ho fatto aspettare.

BEATRICE. Vengo a parteciparvi una mia vicina consolazione.

ROSAURA. Sì? Avrò piacer di saperla.

BEATRICE. Vi ha detto nulla mio nipote?

ROSAURA. Non so di che vogliate parlare.

BEATRICE. V'ha egli detto ch'io sono sposa?

ROSAURA. (Ah pur troppo è la verità!). Mi ha detto qualche cosa.

BEATRICE.   Bene; io vi dirò che il signor Florindo finalmente mi si è scoperto amante, e che quanto prima sarà mio sposo.

ROSAURA. (*con ironia*) Me ne rallegro.

BEATRICE. Credetemi ch io di ciò sono contentissima.

ROSAURA. Lo credo. - Ma vi vuol veramente bene il signor Florindo?

BEATRICE.   Se mi vuol bene? M'adora. Poverino! Ùn mese ha penato per me. Finalmente non ha potuto tacere.

ROSAURA. Certamente non poteva fare a meno di non innamorarsi di voi.

BEATRICE. Avrei perduto lo spirito, se in un mese non mi desse l'animo d'innamorare un uomo.

SCENE VII

Enter **Beatrice**.

BEATRICE. My friend, pardon me.

ROSAURA. I ask your padon for making you wait.

BEATRICE. I come to share an intimate secret with you.

ROSAURA. Yes? It will please me to hear it.

BEATRICE. Has my nephew said anything to you?

ROSAURA. I don't know what you're talking about.

BEATRICE. Hasn't he told you I'm about to marry?

ROSAURA. *(Aside)* Oh, unfortunately, it's true. *(To Beatrice)* He did mention it.

BEATRICE. Well, signor Florindo has declared his love to me, and he will soon be my consort.

ROSAURA. *(Ironically)* I'm very happy for you.

BEATRICE. Believe me, I'm so happy about this.

ROSAURA. I believe you. But, does signor Florindo really love you?

BEATRICE. Does he love me? He adores me. Poor man! A whole month he suffered for me until, in the end, he could hold his silence no longer.

ROSAURA. Of course, how could he not fall in love with you?

BEATRICE. I would have lost my spirit if, in a month, I hadn't been able to capture the soul of a man.

SCENA VIII

Colombina *e dette.*

COLOMBINA. Signora, un'altra visita.

ROSAURA. Chi sarà?

COLOMBINA. Il signor Florindo.

BEATRICE. Vedete se m'ama? Ha saputo ch'io son qui, e non ha potuto trattenersi di venirmi a vedere.

ROSAURA. (*a Colombina*) Di chi ha domandato?

COLOMBINA. (*a Rosaura*) Di voi, signora.

BEATRICE. Si sa, per convenienza deve domandare della padrona di casa.

ROSAURA. (*a Colombina*) Lo sa che v'è la signora Beatrice?

COLOMBINA. Io non gliel'ho detto.

BEATRICE. Eh! Lo sa senz'altro. Mi tien dietro per tutto. Sa tutti i fatti miei.

ROSAURA. Me ne rallegro.

COLOMBINA. Lo faccio passare, sì, o no?

BEATRICE. Sì, sì; passi.

ROSAURA. Sì, sì: comanda ella, passi.

COLOMBINA. (Chi mai l'avrebbe detto che a questa vecchia avesse a toccare un giovane di quella sorte? A me non arrivano di queste buone fortune.) (*parte*)

SCENE VIII

Enter **Colombina**.

COLOMBINA. Signora, there's another guest.

ROSAURA. Who can it be?

COLOMBINA. It's signor Florindo.

BEATRICE. Do you see how much he loves me? He knew I was here, and couldn't wait to see me again.

ROSAURA. *(To Colombina).* Who did he ask for?

COLOMBINA. *(To Rosaura).* For you, signora.

BEATRICE. Of course, etiquette demands he ask for the lady of the house.

ROSAURA. *(To Colombina)* Does he know that signora Beatrice is here?

COLOMBINA. I didn't tell him.

BEATRICE. Oh! He must know. He must have asked around. He knows all my business.

ROSAURA. I'm pleased to hear it.

COLOMBINA. Shall I let him in, or not?

BEATRICE. Yes, yes; show him in.

ROSAURA. Yes, yes; if that's what she orders, let him in.

COLOMBINA. *(Aside)* Who would have thought that an old woman like her could attract a youth like that? That kind of luck keeps its distance from me. *Exit Colombina.*

SCENA IX

Rosaura *e* Beatrice.

BEATRICE.   Il signor Florindo ha d'andare a Venezia per certi suoi interessi e vorrà sollecitare le nozze; onde, cara Rosaura, credo sarò sposata prima di voi.

ROSAURA.   (*con ironia*) Avrò piacere.

BEATRICE.   Verrete alle mie nozze?

ROSAURA.   (*come sopra*) Sì, ci verrò.

SCENA X

Florindo *e dette*.

FLORINDO.   (Come? Qui la signora Beatrice?)

BEATRICE.   Venite, venite, signor Florindo, non vi prendete soggezione. La signora Rosaura è nostra amica, e presto sarà nostra parente.

ROSAURA.   Che vuol dire, signor Florindo? La mia presenza vi turba? Impedisco io che facciate delle finezze alla vostra sposa? Per compiacervi me n'anderò.

FLORINDO.   No, senta...

ROSAURA.   Che ho da sentire? Le dolci parole che le direte? - Se l'impazienza di rivederla vi ha qui condotto, non ho io da esser testimonio de' vostri amorosi colloqui...

FLORINDO.   Non creda che sia venuto...

ROSAURA.   So perché siete venuto. Eccola la vostra sposa. Eccola la vostra cara; servitevi pure, che io per non recarvi soggezione e disturbo, già mi ritiro.

FLORINDO.   Si fermi...

ROSAURA.   Mi meraviglio di voi. Conoscete meglio il vostro dovere, e vergognatevi di voi medesimo. (*parte*)

BEATRICE.   Signor Florindo needs to go to Venice to see to some business, and will want to hasten our marriage plans; so, dear Rosaura, I believe I will be married before you.

ROSAURA. (*Ironically*). I am so pleased.

BEATRICE. Will you come to my wedding?

ROSAURA. (*Ironically*). Yes, I'll be there.

SCENE X

Enter **Florindo**.

FLORINDO.   (*Aside*) What? Signora Beatrice here?

BEATRICE.   Come, come signor Florindo, don't be shy. Signora Rosaura is our friend, and soon she will be a relative of ours.

ROSAURA.   What does this mean, signor Florindo? Does my presence agitate you? Am I preventing you from paying amorous attention to your future wife? So as to please you, I shall leave.

FLORINDO. No, please listen...

ROSAURA.   What should I listen to? The sweet words you'll address to her? Though your eagerness to see her brought you here, I refuse to witness your amorous exchanges...

FLORINDO. Don't believe that I came here to...

ROSAURA. I know full well why you came here. That's your future bride; that's your dear one; help yourself to her whilst I, so as not to cause you uneasiness and inconvenience, will withdraw.

FLORINDO. Wait...

ROSAURA. I marvel at you. You should know better! Be ashamed of yourself. *Exit Rosaura.*

SCENA XI

Florindo *e* Beatrice.

FLORINDO. (Sono cosa da morire sul colpo.)

BEATRICE. Avete sentito? È invidiosissima. Ha una rabbia maledetta, ch'io sia la sposa; vorrebbe che non vi fossero altre spose che ella.

FLORINDO. (Come ho io da fare a liberarmi da questa donna, che mi perseguita?)

BEATRICE. Orsù, giacchè siamo soli, permettetemi ch'io vi spieghi l'estrema mia consolazione per la felice nuova recatami da mio nipote.

FLORINDO. Che cosa le ha detto il suo signor nipote?

BEATRICE. Mi ha detto che voi veramente mi amate, e che mi fate degna della vostra mano.

FLORINDO. (Maledetta quella lettera! In che impegno mi ha posto!)

BEATRICE. Quando pensate voi che si concludano le nostre nozze?

FLORINDO. Mi lasci andare a Venezia; tornerò e concluderemo.

BEATRICE. Oh! Questo poi no; a Venezia non vi lascio andare senza di me.

FLORINDO. Conviene ch'io vada per gli affari miei.

BEATRICE. Io non impedirò che facciate gli affari vostri.

FLORINDO. Avanti di condurre una moglie, bisogna che vada io.

BEATRICE. Bene; fate così, sposatemi e poi andate.

FLORINDO. (Voglio veder se mi dà l'animo di farle passar la voglia di avermi per marito.) Signora Beatrice, io la sposerei volentieri; ma non la voglio ingannare. Quando io l'ho sposata, temo che non si penta, onde, giacchè è in libertà, ho risoluto di dirle la verità.

BEATRICE. Dite pure; nulla mi fa specie, purchè abbia voi per marito.

FLORINDO. Sappia ch'io sono di un naturale sofistico, che tutto mi fa ombra, che tutto mi dà fastidio.

SCENE XI

Enter **Beatrice.**

FLORINDO.   *(Aside)* It's enough to make one die on the spot.

BEATRICE.   Did you hear that? She's extremely jealous. She's terribly furious because I'm getting married; she wants there to be no brides other than herself.

FLORINDO.   *(Aside)* How can I free myself from this woman's persecution?

BEATRICE.   Come, now. Since we are alone, allow me to express my great delight on hearing the happy news brought to me by my nephew.

FLORINDO.   And what did your signor nephew say?

BEATRICE.   He told me of your true love for me, and that you honour me by considering me worthy of your hand.

FLORINDO.   *(Aside)* Damned letter! What predicament has it placed me in?

BEATRICE.   When are you thinking of fixing our marriage date?

FLORINDO.   Let me go to Venice; we can settle it upon my return.

BEATRICE.   Oh! This I cannot concede. I will not let you go to Venice without me.

FLORINDO.   It's easier for me to settle my business there on my own.

BEATRICE.   I will not be in the way of your business.

FLORINDO.   Before taking my newly-wed there, I need to go there alone.

BEATRICE.   Very well; marry me and then go alone.

FLORINDO.   *(Aside)* Let me see if I can discourage her from wanting me as a husband. *(To Beatrice)* Signora Beatrice, I would willingly marry you, but do not wish to deceive you. So that in the future, you do not regret marrying me, I have resolved on telling you the truth.

BEATRICE.   Please do. Nothing will deter me from having you as my husband.

FLORINDO.   You must know that I am naturally pedantic, that everything casts shadows on me, everything is a nuisance to me.

BEATRICE. Se sarete di me geloso, sarà segno che mi amerete.

FLORINDO. Non parliamo di gelosia. Ella non sarebbe in caso di darmene.

BEATRICE. Perché? Sono io sì avanzata?

FLORINDO. Non dico questo; ma io sono stravagante. Non voglio che si vada fuori di casa.

BEATRICE. Bene; starò ritirata.

FLORINDO. In casa non ha da venir nessuno.

BEATRICE. Mi basterà che ci siate voi.

FLORINDO. A me poi piace divertirmi ed andare a spasso.

BEATRICE. Siete giovane, avete ragione.

FLORINDO. Tante volte non torno a casa.

BEATRICE. Se avrete moglie, può essere che torniate a casa più spesso.

FLORINDO. Sono assuefatto così.

BEATRICE. Vi vorrà pazienza.

FLORINDO. Sappia, per dirle tutto, che mi piace giocare.

BEATRICE. Giocherete del vostro.

FLORINDO. Vado qualche volta all'osteria cogli amici.

BEATRICE. Qualche volta mi contenterò.

FLORINDO. Le dirò di più, perché son uomo sincero: mi piace la conversazione delle donne.

BEATRICE. Oh! Questo poi...

FLORINDO. Lo vede? È meglio che mandiamo a monte il trattato. Io sono un uomo pericoloso; una moglie non può soffrir queste cose; la compatisco e la lascio in libertà.

BEATRICE.   If you show jealousy, it will mean you love me.

FLORINDO.   I do not speak about jealousy. You could not be the cause of jealousy.

BEATRICE.   Why? Have I surpassed the age... ?

FLORINDO.   It is not about that I speak; I am an odd character. I would not allow you to leave the house.

BEATRICE.   Very well; I'll lead a secluded life.

FLORINDO.   I would not allow any visitors in the house.

BEATRICE.   It is enough for me that you are there.

FLORINDO.   But, I would want to go out and enjoy myself.

BEATRICE.   That's understandable; you're young.

FLORINDO.   I don't spend much time at home.

BEATRICE.   If you had a wife waiting for you, you would probably go home more often.

FLORINDO.   It's a deeply rooted habit.

BEATRICE.   I'll summon up patience.

FLORINDO.   Furthermore, you must know that I like gambling.

BEATRICE.   It's your own wealth you put at stake.

FLORINDO.   Sometimes, I go to the tavern with friends.

BEATRICE.   I don't mind in the least.

FLORINDO.   Since I'm a sincere man, I must tell you there's more. I like conversing with women.

BEATRICE.   Oh! This is too...

FLORINDO.   You see? We had better call the marriage off. I am a dangerous man, a wife cannot suffer as much; I sympathise with you and free you from all ties.

BEATRICE. Vi divertirete colle donne, ma onestamente.

FLORINDO. Non so, e non mi voglio impegnare.

BEATRICE. Sentite, se farete male, sarà peggio per voi. Se incontrerete delle disgrazie, la colpa sarà vostra. Per questo non vi rifiuto, e vi amerò in ogni modo.

FLORINDO. (Può essere costei più ostinata di quel che è?)

BEATRICE. (Pare pentito d'avermi promesso; ma io lo voglio assolutamente.)

FLORINDO. Ascolti il resto.

BEATRICE. Dite pure. Tutto è niente in confronto della vostra mano.

FLORINDO. Io sono assai collerico.

BEATRICE. Tutti abbiamo i nostri difetti.

FLORINDO. Se mai per accidente la mia brutalità facesse che io le perdessi il rispetto...

BEATRICE. Mi basta che non mi perdiate l'amore.

FLORINDO. Vuol esser mia ad ogni modo?

BEATRICE. Senz'altro.

FLORINDO. Con que' difetti che di me ha sentito?

BEATRICE. Chi ama di cuore, può soffrir tutto.

FLORINDO. Si pentirà, signora.

BEATRICE. Non vi è pericolo.

FLORINDO. Collera, gioco, donne, osteria, non le importa niente?

BEATRICE. Niente affatto.

FLORINDO. È pronta a soffrir tutto?

BEATRICE. Signor Florindo, quando concluderemo le nostre nozze?

BEATRICE. Do you entertain yourself with women in an honest manner?

FLORINDO. I don't know. I'd rather not say.

BEATRICE. Look, if you behave wretchedly, it will be to your own detriment. If you fall into disgrace, you will be solely responsible. For this reason I will not refuse you, I will love you under any circumstances.

FLORINDO. (*Aside*) Could she have been any more headstrong than she is?

BEATRICE. (*Aside*) He seems to regret his promises, but I will have him at all costs.

FLORINDO. Listen, there's more.

BEATRICE. Tell me, do. It will all be nothing in comparison to your hand.

FLORINDO. I am extremely quick-tempered.

BEATRICE. We all have our failings.

FLORINDO. If ever, damn and blast, my brute force were cause of losing my respect for you...

BEATRICE. As long as you don't lose your love for me.

FLORINDO. Do you wish to be mine at any cost?

BEATRICE. Without doubt.

FLORINDO. With all the faults I have?

BEATRICE. It is possible to suffer anything, when one loves from the bottom of one's heart.

FLORINDO. Lady, you will regret it.

BEATRICE. There's no danger of that.

FLORINDO. Bad temperament, gambling, women, taverns, do these mean nothing to you?

BEATRICE. Nothing whatsoever.

FLORINDO. Are you ready to endure all this?

BEATRICE. Signor Florindo, when are we getting married?

FLORINDO. (Non so più cosa dire). Ne parleremo.

BEATRICE. Attenderò impaziente il momento felice.

FLORINDO. Ed ella vuol tanto bene ad un uomo così cattivo?

BEATRICE. Anzi vi reputo per l'uomo più buono di questo mondo. Se foste veramente cattivo, non vi dichiarereste esser tale. Gli uomini viziosi hanno questo di male, che non si conoscono. Chi si conosce, o non è vizioso, o se lo è, si può facilmente correggere. La vostra sincerità è una virtù che maggiormente m'accende ad amarvi; poiché, se farete vita cattiva, avrete il merito di avermi in tempo avvisata; se la farete buona, il mio contento sarà maggiore. Andiamo, caro; torniamo a casa; accompagnatemi, se vi contentate.

FLORINDO. Scusi; presentemente non posso.

BEATRICE. Bene, di qui non parto, se voi non mi accompagnate. Vi aspetterò da Rosaura. (*parte*)

FLORINDO.   (*Aside*) I don't know what else to say. *(To Beatrice)* We'll talk about it some other time.

BEATRICE.   I impatiently await our happy day.

FLORINDO.   And you love such a wicked man?

BEATRICE.   Rather, I consider you the most benevolent man in this world. If you had truly been wicked, you would never have admitted it. The worst flaw of a debased man is to have no self-knowledge. A man who knows himself is either not debased, or if he is, he can easily be reformed. Your sincerity is the virtue which most inflames my love for you. So, if you decide to live loosely, you will have had the merit of having warned me in advance. If you lead a decent life, my happiness will be greater. Come, dear; let's go back home; accompany me, if you please.

FLORINDO.   Forgive me; at present I cannot.

BEATRICE.   Very good. I will not move, if you do not escort me. I shall go to Rosaura and wait for you there. *Exit Beatrice.*

SCENA XII

Florindo *solo.*

Ho creduto di far bene, ed ho fatto peggio. Per distrigarmi, mi sono impegnato più che mai. Questa signora Beatrice è una cosa particolare; è di un temperamento straordinario, pronta a soffrir tutto, disposta a tutto, umile, paziente, rassegnata; è vecchia, ed ha volontà di marito.

SCENA XIII

Lelio *e detto.*

LELIO. Amico, quando avrete risoluto d'andare a Venezia, noi anderemo insieme.

FLORINDO. Come? Anche voi volete andare a Venezia?

LELIO. Sì, vi farò compagnia.

FLORINDO. (Non vi mancherebbe altro per me, ch'ei conducesse a Venezia la signora Rosaura.)

LELIO. Vi dirò il perché. Ho parlato col vecchio avaro, padre di Rosaura, egli insiste di non aver denaro, di non poter dar la dote alla figlia. Io, benchè ami Rosaura, non posso rovinar la mia casa; onde mi conviene distaccarmi da lei, risolvo fare un viaggio e venir con voi.

FLORINDO. Volete abbandonare la signora Rosaura?

LELIO. Consigliatemi voi, che cosa ho da fare? Ho da sposarla e precipitarmi?

FLORINDO. Io non vi posso dare questo consiglio; ma non so con che cuore potrete abbandonare quella fanciulla.

LELIO. Assicuratevi, che penerò moltissimo nel lasciarla. Ma un uomo d'onore ha da pensare a' casi suoi. Una moglie costa di molto.

FLORINDO. Avete ragione, non so che dirvi. Ma che farà quella povera sfortunata?

LELIO. Questo è il pensiero che mi tormenta. Che cosa farà la signora Rosaura? Alle mani di quel vecchio avaro passerà miserabilmente la gioventù.

SCENE XII

Florindo *alone.*

I sought to improve matters but have made them worse. In the endeavour to disentangle myself from her, I have entangled myself even more. This lady is special; she is of an extraordinary force of character, ready to suffer any bad deed, ready for anything; humble, patient, submissive. And, her age makes her impatient for a husband.

SCENE XIII

Enter Lelio.

LELIO. My friend, when you decide to leave for Venice, we can go together.

FLORINDO. What? Do you want to go to Venice, too?

LELIO. Yes, to keep you company.

FLORINDO. (*Aside*) All I need now is that he decides to bring Rosaura along, too.

LELIO. I'll tell you why. I've spoken to that old miser of Rosaura's father, and he insists he has no money, so cannot afford a dowry for his daughter. Although I am in love with Rosaura, I cannot ruin myself. Therefore, I need to separate myself from her so have resolved to leave with you.

FLORINDO. You want to leave signora Rosaura?

LELIO. What other advice can you give me? Should I marry her and ruin myself in the process?

FLORINDO. I cannot give you advice; but I don't know how you can find it in your heart to leave that young lady.

LELIO. Be assured that it grieves me much to leave her. But a man of honour must look to his business. A wife is expensive.

FLORINDO. You're right, I don't know what else to say. But what will that poor unfortunate young lady do?

LELIO. That is exactly what torments me. What will signora Rosaura do? In the hands of that old miser, she can but have a miserable life.

FLORINDO. Poverina! Mi fa pietà!

LELIO. Chi sa che, per non darle la dote, non la mariti con qualche uomo ordinario!

FLORINDO. Una bellezza di quella sorta?

LELIO. In fatti è bella, è graziosa, ha tutte le ottime qualità.

FLORINDO. E voi avete cuore di abbandonarla?

LELIO. Bisogna fare uno sforzo, convien lasciarla.

FLORINDO. Dunque, avete risoluto.

LELIO. Ho fissata la massima, e non mi rimuovo.

FLORINDO. Lascerete la signora Rosaura?

LELIO. Senz'altro.

FLORINDO. Ed anderà in mano, sa il cielo di chi?

LELIO. Contribuirei col sangue alla sua fortuna.

FLORINDO. Avreste cuore di vederla maritare con altri?

LELIO. Quando non la potessi aver io, penerei meno, se la vedessi ben collocata.

FLORINDO. Non avreste gelosia?

LELIO. Non avrei occasione d'averla.

FLORINDO. Non ne provereste dolore?

LELIO. L'amore cederebbe il luogo alla compassione.

FLORINDO. E se un vostro amico la sposasse, ne avreste piacere?

LELIO. Un amico? Non vi capisco.

FLORINDO. Signor Lelio, se, per esempio... Figuriamoci un caso. Se per esempio... la sposassi io?

LELIO. Voi non la potete sposare.

FLORINDO. No? Perché?

FLORINDO.   Poor lady! I pity her!

LELIO.   One can only guess that he will marry her off to some common man so as not to give her a dowry.

FLORINDO.   A beauty like that?

LELIO.   Oh, yes, she's beautiful, has grace, has every imaginable excellent quality.

FLORINDO.   And you have the heart to leave her?

LELIO.   I have to be strong and abandon her.

FLORINDO.   So you've decided.

LELIO.   I'm set upon it. I won't be moved.

FLORINDO.   You're leaving signora Rosaura?

LELIO.   Without a doubt.

FLORINDO.   And heaven knows whose hands she'll end up in.

LELIO.   I would give my life for her good fortune.

FLORINDO.   Do you have the heart to see her married to someone else?

LELIO.   Since I cannot have her, I would at least wish to see her well-married.

FLORINDO.   Wouldn't you be jealous?

LELIO.   I wouldn't have reason to be.

FLORINDO.   Wouldn't you suffer?

LELIO.   Love would give way to compassion.

FLORINDO.   And if a friend of yours were to marry her, would that please you?

LELIO.   A friend? I don't understand.

FLORINDO.   Signor Lelio, if, for example... Let's suppose, if, for example... I were to marry her?

LELIO.   You can't marry her.

FLORINDO.   No? Why?

LELIO.   Perché avete promesso di sposare mia zia.

FLORINDO.   Se, per esempio... per esempio... io non avessi promesso niente alla vostra zia?

LELIO.   Avete promesso a lei, ed avete promesso a me.

FLORINDO.   È vero; pare che abbia promesso, ma se fosse stato un equivoco?

LELIO.   Come, un equivoco? La vostra lettera vi manifesta.

FLORINDO.   Quella lettera... se, per esempio, non l'avessi scritta alla signora Beatrice?

LELIO.   Per esempio, a chi la potevate avere scritta?

FLORINDO.   Si potrebbe dare che l'avessi scritta... alla signora Rosaura.

LELIO.   Come? Voi amante di Rosaura? Voi rivale del vostro amico? Voi commettete un'azione simile contro tutte le leggi dell'amicizia? Ora intendo, perché Rosaura non mi potea più vedere.

FLORINDO.   Ditemi, amico, avete più quella lettera?

LELIO.   Eccola.

FLORINDO.   Datele una ripassata, rileggetela un poco.

LELIO.   Confessate voi averla scritta alla signora Rosaura?

FLORINDO.   Signor sì, a lei l'ho scritta. Sentite, in quella lettera come scrivo. - Che vado via, che le voglio bene, che so che ella vuol bene a me; ma che sono un uomo d'onore, e che sono un vero amico, e per non tradir le leggi dell'ospitalità, mi risolvo partire; e se avessi potuto finir la lettera, avrei soggiunto che non conviene coltivare un amore di questa sorte, che pensi al suo sposo, e che non faccia più conto ch'io sia in questo mondo. - Signor Lelio, vi potete chiamare offeso? Ho mancato al mio dovere? Alle buone leggi della vera amicizia? - Mi sono innamorato, è vero, ma di questo mio amore ne siete voi la cagione. - Voi m'avete introdotto, voi m'avete dato la libertà. Se fossi stato un uomo d'altro carattere, mi sarei approfittato dell'occasione, e avrei cercato di soddisfare il mio amore, e a quest'ora l'avrei sposata; ma son galantuomo, sono un uomo onorato, tratto da quel che sono. - Adesso, che vi sento risoluto di volerla abbandonare, che, il prenderla voi per moglie, può essere il vostro precipizio, che, abbandonandola voi, può andare in mano a gente vile, di gente indegna; mosso dall'amore, dal zelo e dalla compassione, non ho potuto dissimulare la mia

LELIO. Because you're promised to my aunt.

FLORINDO.   If, for example... for example... I hadn't promised your aunt anything?

LELIO. But you have promised her, and you've promised me.

FLORINDO.   It's true; it seems I've promised; but suppose it was all a misunderstanding?

LELIO. What, a misunderstanding? Your letter is unequivocal.

FLORINDO. If I had, for example, not addressed that letter to signora Beatrice?

LELIO. To whom could you have addressed it, for example?

FLORINDO. Let's imagine that I addressed it to... signora Rosaura.

LELIO. What? Do you love Rosaura? You, a rival of your friend? You, commit such a deed against the principles of friendship? Now I understand the reason for Rosaura's aversion for me.

FLORINDO. Tell me, friend, do you still have that letter?

LELIO. Here it is.

FLORINDO. Go over it again, just give it a quick read again.

LELIO. Do you admit addressing it to signora Rosaura?

FLORINDO.   Yes, sir, it's addressed to her. Look at what I've written: that I'm going away, that I love her, and that I know that she loves me; but that I am a man of honour, that I'm a true friend, and so as not to betray the rules of hospitality I was ready to leave. If I had been able to finish the letter, I would have added that love of this kind could not be cultivated, that she look to her betrothed, that she should consider me no longer of this world. Signor Lelio, can you think yourself offended? Have I betrayed my duty? And the correct code of true friendship? I fell in love, that's true, but of this love of mine, you are the agent. You introduced me, and you gave me the liberty. If I had been a man of different disposition, I would have taken advantage of the situation and sought to fulfil my love; I would have married her by now. But I am a gentleman, I am an honourable man, my manners are what I am. Now that you are resolved on abandoning her because taking her as wife would be your ruin, and now that, by abandoning her, you risk landing her in the hands of vile people, of unworthy people; moved by love, by zeal and compassion, I cannot conceal my passion for her. If I have behaved wrongly,

passione. Se ho operato male, correggetemi; se penso bene, compatitemi: se vi piaccio, abbracciatemi; se vi dispiaccio, mi pento, mi ritiro, e vi domando perdono.

LELIO.   Caro amico, voi siete l'esemplare della vera amicizia. Compatisco il vostro amore, ammiro la vostra virtù; se amate Rosaura, se la di lei situazione non vi dispiace, sposatela, ch'io son contento.

FLORINDO.   Ma penerete voi a lasciarla?

LELIO.   Mia non può essere. O di voi, o d'un altro sarò forzato vederla.

FLORINDO.   Quand'è così...

LELIO.   Sì, sposatela voi.

FLORINDO.   E vostra zia che cosa dirà?

LELIO.   Dirà che troppo si è lasciata da un equivoco lusingare.

FLORINDO.   Signor Lelio, badate bene, che non ve ne abbiate a pentire.

LELIO.   Non sono più in questo caso.

SCENA XIV

Ottavio *e detti.*

OTTAVIO.   Signori miei, che fanno a quest'ora? Lo sanno che sono oramai due ore di notte? I lumi si consumano inutilmente, ed io non ho denari da getter via.

LELIO.   Caro signor Ottavio, abbiamo a discorrer con voi di un affare che vi darà piacere. Di una cosa che vi può rendere del profitto.

OTTAVIO.   Lo voglia il cielo, che ne ho bisogno. Aspettate. Smorziamo una di queste candele, il troppo lume abbaglia la vista. (*spegne un lume*).

LELIO.   Ho da parlarvi a proposito di vostra figlia.

OTTAVIO.   Di mia figlia, parlate pure; basta che non si parli di dote.

tell me straight; if I am of a right mind, have sympathy. If you are fond of me, embrace me; if you dislike me, I repent, I will withdraw and ask for your forgiveness.

LELIO.   Dear friend, you are the very model of true friendship. I understand your love and admire your virtue. If you love Rosaura, if her predicament is acceptable to you, marry her, it will make me happy.

FLORINDO.   But will leaving her make you suffer?

LELIO.   She cannot be mine. I am forced to see her go to another; whether it is to you, or someone else.

FLORINDO.   If that's the case...

LELIO.   Yes, you marry her.

FLORINDO.   And what will your aunt say?

LELIO.   She will say that she was too easily swayed by ambiguous compliments.

FLORINDO.   Signor Lelio, mark that you don't have cause to repent.

LELIO.   This case is no concern of mine any longer.

SCENE XIV

Enter **Ottavio.**

OTTAVIO.   My dear sirs, what are you doing here at this hour? Do you realise it is two o'clock in the morning? The candles are burning in vain, and I don't have money to throw away.

LELIO.   Dear signor Ottavio, we would like to talk to you about a matter which will please you; about something which could gain you some money.

OTTAVIO.   Heaven knows, I am needy; wait. Put out one of these candles, too much light is bad for the eyes. (*He puts out a candle*).

LELIO.   I'd like to speak to you about your daughter.

OTTAVIO.   Speak about my daughter by all means, as long as a dowry is not mentioned.

LELIO. Io, come sapete, non sono in caso di prenderla senza dote.

OTTAVIO. Perché siete un avaro.

LELIO. Così va detto; ma perché amo tuttavia la signora Rosaura, vi propongo io stesso un'occasione fortunata per collocarla senza dote.

OTTAVIO. Senza dote?

LELIO. Sì, senza dote.

OTTAVIO. Chi è questo galantuomo che sa far giustizia al merito di mia figlia?

LELIO. Ecco qui, il signor Florindo. Egli non ne ha bisogno, è ricco, è solo; e la desidera per consorte. Io cedo a lui le mie pretensioni; la signora Rosaura, si spera che sarà contenta; e non manca altro a concludere, che il vostro assenso.

OTTAVIO. Oh caro il mio amatissimo signor Florindo! La prenderete voi senza dote?

FLORINDO. Signor sì; bramo la ragazza, e non ho bisogno di roba.

OTTAVIO. Io non le posso dar nulla.

FLORINDO. A me non importa.

OTTAVIO. Voi le farete tutto il suo bisogno?

FLORINDO. Farò tutto io.

OTTAVIO. Sentite una cosa in confidenza. Quegli stracci d'abiti che ha intorno, gli ho presi a credenza, e non so come fare a pagarli: mi converrà restituirli a chi me gli ha dati.

FLORINDO. Benissimo, gliene faremo de' nuovi.

OTTAVIO. Dite, avrete difficoltà a farle un poco di contraddote?

FLORINDO. Circa a questo la discorreremo.

OTTAVIO. Signor Lelio, fate una cosa, andate a chiamare mia figlia e conducetela qui; e intanto il signor Florindo ed io formeremo due righe di scrittura.

LELIO. Vado subito.

LELIO. As you know, I cannot take her without a dowry.

OTTAVIO. That's because you're a miser.

LELIO. That's what they say. However, because I love signora Rosaura, may I propose a fortunate opportunity to wed your daughter without a dowry.

OTTAVIO. Without a dowry?

LELIO. Yes, without a dowry.

OTTAVIO. Who is this gentleman who is able to do justice to my daughter's merits?

LELIO. It is signor Florindo. He is not in need of money. He is rich, he is alone, and he wishes to marry her. I surrender to him the claims I had. Signora Rosaura, I hope, will be happy, and all that is needed now is your consent.

OTTAVIO. Oh, my dearest and most beloved signor Florindo! Will you take her without a dowry?

FLORINDO. Yes, sir. I yearn for the girl, and have no need for riches.

OTTAVIO. I can give her nothing.

FLORINDO. It's of no importance to me.

OTTAVIO. Will you cater to all her needs?

FLORINDO. To all of them.

OTTAVIO. Let me tell you a secret. The ragged clothes she's wearing were bought on credit, and I don't know how to pay back the sum. It would be better to take them back to the person who sold them to me.

FLORINDO. Very well, we'll get her some new ones.

OTTAVIO. Tell me. Are you not able to provide her with a little counter-dowry?

FLORINDO. We can talk about it.

OTTAVIO. Signor Lelio, would you do me a favour and go and call my daughter and bring her here. In the meantime, signor Florindo and I will confirm the terms by dashing off a couple of lines.

LELIO. I'll go straightaway.

FLORINDO. Amico, dove andate?

LELIO. A chiamar la signora Rosaura.

FLORINDO. E voi le darete questa nuova?

LELIO. Lo farò con pena, ma lo farò. (*parte*)

SCENA XV

Florindo *e* Ottavio.

FLORINDO. (Se le volesse bene davvero, non se la passerebbe con questa indifferenza.)

OTTAVIO. Orsù, signor Florindo, stendiamo la scrittura.

FLORINDO. Son qui per far tutto quel che volete.

OTTAVIO. Questo pezzo di carta sarà bastante; ecco, come tutte le cose vengono a tempo. (*cava quel pezzo di carta che ha trovato in terra*)

FLORINDO. In quella carta poco vi può capire.

OTTAVIO. Scriverò minuto. Ci entrerà tutto. - Tiriamo in qua il tavolino. – L'aria che passa dalle fessure di quella finestra fa consumar la candela. (*tira il tavolino*). Sediamo (*scrive*). *Il signor Florindo degli Ardenti promette di sposare la signora Rosaura Aretusi senza dote senza alcuna dote, senza alcuna pretensione di dote, rinunziando a qualunque azione e ragione che avesse per la dote, professandosi non aver bisogno di dote e di non volere la dote.*

FLORINDO. (A forza di dote ha empiuto la carta.)

OTTAVIO. Item, *promette sposarla senz'abiti, senza biancheria, senza nulla, predendola ed accettandola come è nata. - Promettendo inoltre fare una contraddote...* Ehi, quanto volete darle di contraddote?

FLORINDO. Questa contraddote io non l'intendo.

OTTAVIO. Oh! Senza contraddote non facciamo nulla.

FLORINDO. Friend, where are you going?

LELIO. To call signora Rosaura.

FLORINDO. And will you give her this news?

LELIO. It will be with pain, but I'll do it. *Exit Lelio.*

SCENE XV

Florindo *and* Ottavio.

FLORINDO. *(Aside)* If he really loved his daughter, he would not hand her over with such indifference.

OTTAVIO. Come, signor Florindo, let's lay out the terms.

FLORINDO. I'm ready to do as you wish.

OTTAVIO. This little piece of paper will suffice; see how everything falls into place. (*He picks up the piece of paper he has found on the floor*).

FLORINDO. Nothing will be legible on that little scrap of paper.

OTTAVIO. My handwriting is small, it'll all fit in. Let's pull the table to. The draught that blows in through that window makes the candle burn faster. (*He pulls the table to*) Let's sit down. (*He starts writing*)

Signor Florindo degli Ardenti hereby promises to marry signora Rosaura Aretusi without a dowry, without any dowry whatsoever, without any claims to a dowry, renouncing any action on any grounds he may have for a dowry, confirming that he has no need of a dowry, and that he does not claim a dowry.

FLORINDO. *(Aside)* By dint of 'dowry' he has filled the scrap of paper.

OTTAVIO. *He promises to marry her without new clothes, without linen, without anything, taking her and accepting her as she was on the day she was born. He promises, furthermore, to provide her with a counter-dowry...* Er, how much counter-dowry will you give her?

FLORINDO. I didn't agree to a counter-dowry.

OTTAVIO. Oh! We can't proceed without a counter-dowry.

FLORINDO. Via, che cosa pretendereste ch'io le dèssi?

OTTAVIO. Datele sei mila scudi.

FLORINDO. Signor Ottavio, è troppo.

OTTAVIO. Per quel che sento, anche voi siete avaro.

FLORINDO. Signor sì, son avaro.

OTTAVIO. Mia figlia non la voglio maritare con un avaro.

FLORINDO. Certo fate bene, perché è figliuola d'un uomo generoso.

OTTAVIO. Se ne avessi, vedreste, s'io sarei generoso. - Sono un miserabile. - Ma via, concludiamo. - Quanto le volete dare di contraddote?

FLORINDO. (Già deve esser mia, non importa.) Via, gli darò sei mila scudi.

OTTAVIO. *Promettendo di darle di contraddote sei mila scudi, questi pagargli subito nella stipulazione del contratto al signor Ottavio di lei padre...*

FLORINDO. Perché gli ho io da dare a voi?

OTTAVIO. Il padre è il legittimo amministratore dei beni della figliuola.

FLORINDO. E il marito è amministratore dei beni della moglie, e la contraddote non si dà, se non in caso di separazione o di morte.

OTTAVIO. Ma io ho da vivere sulla contraddote della figliuola.

FLORINDO. Per qual ragione?

OTTAVIO. Perché son miserabile.

FLORINDO. I sei mila scudi nelle vostre mani non vengono certamente.

OTTAVIO. Fate una cosa, mantenetemi voi.

FLORINDO. Se volete venire a Venezia con me, siete padrone.

OTTAVIO. Sì, verrò... (Ma lo scrigno?... Non lo potrò portare con me... e i denari che ho dati a interesse?... No, non ci vado.) Fate una cosa, datemi cento doppie, e tenetevi la contraddote.

FLORINDO. Come now, what do you expect me to give her?

OTTAVIO. Give her six-thousand scudos.

FLORINDO. Signor Ottavio, that's too much.

OTTAVIO. From what I hear, you're a miser, too.

FLORINDO. Yes, sir. I'm a miser.

OTTAVIO. I don't want my daughter married to a miser.

FLORINDO. Yes, of course. That fits because she is the daughter of a generous man.

OTTAVIO. If I had money, you have no idea how generous I would be. But I'm poor. Come. Now, let's settle this. How much will you give her as counter-dowry?

FLORINDO. (*To himself*) Given that she's going to be my wife, how much I give her is of no consequence. Fine, I'll give her six-thousand scudos.

OTTAVIO. *Promising to give her a counter-dowry of six-thousand scudos, and to pay the sum immediately upon signing this contract with signor Ottavio, her father...*

FLORINDO. Why should I give the money to you?

OTTAVIO. Fathers are the legitimate administrators of their daughters' money.

FLORINDO. And husbands are the administrators of their wives' money, and the counter-dowry will only be had in the case of separation or death.

OTTAVIO. But I need to live off my daughter's counter-dowry.

FLORINDO. For what reason?

OTTAVIO. Because I'm poor.

FLORINDO. The six-thousand scudos will certainly not be handed over to you.

OTTAVIO. Let's see; you will keep me.

FLORINDO. You are welcome to come and stay in my house in Venice, if you so wish.

OTTAVIO. Yes, I accept... (*Aside*) What about my coffer... ? I can't take it with me... And the money I've lent out on credit... ? No, I won't go. (*To Florindo*) Let's do it this way; you give me one-hundred doubles and you keep your counter-dowry.

FLORINDO. Benissimo; tutto quel che volete. (Amore mi obbliga a sagrificare ogni cosa.)

OTTAVIO. Son miserabile. Non so come vivere. Mandatele le camicie.

FLORINDO. Signor sì, le manderò.

OTTAVIO. Mandate la tela che le farò cucire da Colombina. (Ne farò quattro anche per me.)

FLORINDO. Benissimo; e se mi date licenza, manderò qualche cosa, e si pranzerà in compagnia.

OTTAVIO. No, no; quel che volete spendere, datelo a me che provvederò io. - Se vado io a comperare, vedrete che belle uova! che preziosi erbaggi! che buon castrato! Vi farò scialare.

SCENA XVI

Rosaura, Lelio e detti.

LELIO. Signor Florindo, ecco la vostra sposa. Voi siete degno di lei; ella è degna di voi. Confesso che con qualche pena ve la rinunzio, ma son costretto a farlo. Sposatela dunque; ed io, per non soffrire maggior tormento, me n'anderò.

FLORINDO. Fermatevi: dove andate?

LELIO. Vado a disingannare mia zia, che tuttavia andrà lusingandosi di esser vostra.

FLORINDO. Poverina! Mi fa pietà.

LELIO. Sì, ella ed io, siamo due persone infelici che esigono compassione e pietà. (*parte*)

FLORINDO. Very well, whatever you wish. (*Aside*) Love forces me to sacrifice everything I have.

OTTAVIO. I'm poor. I don't know how I'll live. Send her some night-clothes.

FLORINDO. Yes, sir. I'll send some.

OTTAVIO. Rather send me the cloth, Colombina can make them. (*Aside*) I'll have her make four for me, too.

FLORINDO. Very well. And if you give me leave, I'll send for some food and we'll have lunch together.

OTTAVIO. No, no; give me however much you're thinking of spending, and I'll see to it. If I buy the food, you'll see what beautiful eggs, what special vegetables! What delicious mutton! It'll be the most extravagant enjoyment for you.

SCENE XVI

Enter **Rosaura** *and* **Lelio.**

LELIO. Signor Florindo, here is your betrothed. You are as worthy of her as she is of you. I must confess that it is with some pain that I renounce her, but I am forced to do so. Therefore, marry her, and, so as not to suffer further torment, I will leave.

FLORINDO. Stop. Where are you going?

LELIO. I'm going to undeceive my aunt who is still flattering herself that you are hers.

FLORINDO. Poor woman. I do pity her.

LELIO. Yes, she and I are two unhappy beings who invite compassion and pity. (*He leaves*)

SCENA XVII

Florindo, Rosaura *e* Ottavio.

FLORINDO.   Oh cieli! Come è possibile ch'io possa soffrire il tormento d'un caro amico?

ROSAURA.   Signor Florindo, parmi tuttavia che siate innamorato più dell'amico che di me.

FLORINDO.   Cara signora Rosaura, anche l'amico mi sta sul cuore.

OTTAVIO.   Animo, spicciamoci, sottoscriviamo. - Il tempo passa e la candela consuma.

ROSAURA.   (*a Florindo*) Via, avete ancora delle difficoltà? Ah! Dubito che mi amiate poco.

FLORINDO.   Eccomi. Sottoscriviamo immediatamente.

SCENA XVIII

Colombina *con candela accesa, la pone sul tavolino e detti.*

COLOMBINA.   (*ansante*) Signor padrone?

OTTAVIO.   Che c'è?

COLOMBINA.   Una disgrazia.

OTTAVIO.   Ohimè! Che cosa è stato?

COLOMBINA.   Il vostro scrigno...

OTTAVIO.   Io non ho scrigno.

COLOMBINA.   Non avete scrigno?

OTTAVIO.   No, no, ti dico di no.

COLOMBINA.   Quando non avete scrigno, non dico altro.

OTTAVIO.   (Povero me!) Presto, dimmi che cos'è stato?

136

SCENE XVII

Enter **Florindo, Rosaura** *and* **Ottavio**.

FLORINDO.   Oh, heavens! How is it possible that I suffer the torments of a dear friend!

ROSAURA.   Signor Florindo, it seems to me that you are more enamoured with your friend than with me.

FLORINDO.   Dear signora Rosaura, my friend is in my heart, too.

OTTAVIO.   My soul, let's hurry and sign the contract. Time flies, and the candle is burning out.

ROSAURA.   *(To Florindo)*. Come now; are you still doubtful? Oh! I believe you love me very little indeed.

FLORINDO. So, let's sign it straightway.

SCENE XVIII

Enter **Colombina** *with a lighted candle, she puts it on the small table.*

COLOMBINA.   *(Out of breath)* Master?

OTTAVIO.   What's the matter?

COLOMBINA.   Disaster's struck.

OTTAVIO.   Oh, my! What's happened?

COLOMBINA.   Your coffer...

OTTAVIO.   I don't have a coffer.

COLOMBINA.   Don't you have a coffer?

OTTAVIO.   No, no; I tell you, no.

COLOMBINA.   Since you don't have a coffer, I'll say no more.

OTTAVIO.   *(Aside)* Poor me! *(To Colombina)* Quick, tell me, what is it?

COLOMBINA. Trappola ha scoperto una finestrina in sala sotto le tappezzerie che corrisponde nella vostra camera.

OTTAVIO. Nella mia camera? Dove dormo?

COLOMBINA. Signor sì; e con una scala è andato su, e con una corda si è calato giù.

OTTAVIO. Nella mia camera? Dove dormo?

COLOMBINA. Sì, dove dormite. Ha aperto la porta per il dentro...

OTTAVIO. Della mia camera?

COLOMBINA. Della vostra camera, ed ha strascinato fuori uno scrigno.

OTTAVIO. Ohimè! il mio scrigno, il mio scrigno.

COLOMBINA. Ma se voi non avete scrigno!

OTTAVIO. Povero me! Son morto. - Dove è andato? Dove l'ha portato?

COLOMBINA. L'ha aperto con dei ferri.

OTTAVIO. Povero scrigno! Povero scrigno! - E poi? E poi?

COLOMBINA. È arrivato il signor Lelio, e l'ha fermato.

OTTAVIO. Presto... subito... aiuto... Venite con me. (*a Florindo*) Ma no, non voglio nessuno. - Lelio mi ruberà... Maledetto Trappola... Povero il mio scrigno... Povero il mio scrigno... Presto; aiuto... (*nel partire spegne una candela*)

SCENA XIX

Rosaura, Florindo *e* Colombina.

ROSAURA. Andiamogli dietro, vediamo che cosa succede.

FLORINDO. Vada, l'aspetto qui.

ROSAURA. Venite anche voi.

FLORINDO. Mi dispensi, la prego.

ROSAURA. Bell'amore che avete per me! Di due amanti che mi volevano, non so ancora di chi potermi lodare. (*parte*)

COLOMBINA.   Trappola found a little window beneath the wallpaper in the living-room, which opens into your bedroom.

OTTAVIO.   Into my bedroom? Where I sleep?

COLOMBINA.   Yes, sir. He climbed up a ladder then slid down a rope.

OTTAVIO.   Into my bedroom? Where I sleep?

COLOMBINA.   Yes, where you sleep. He opened the door from the inside...

OTTAVIO.   Of my bedroom?

COLOMBINA.   Of your bedroom, and he hauled out your coffer.

OTTAVIO.   Oh, my! My coffer, my coffer.

COLOMBINA.   But you don't have a coffer!

OTTAVIO.   Poor me! I'm dead. Where has he gone? Where has he taken it?

COLOMBINA.   He opened it with a crowbar.

OTTAVIO.   Poor coffer! Poor coffer! And then? And then?

COLOMBINA.   Signor Lelio arrived and stopped him.

OTTAVIO.   Quick... Fast... Help... (*To Florindo*) Come with me. But no, I don't want anyone around. Lelio will rob me... Damned Trappola... My poor coffer... My poor coffer... Quick, help... (*In passing he blows out a candle*).

SCENE XIX

Rosaura, Florindo *and* Colombina.

ROSAURA.   Let's go after him, let's see what happens.

FLORINDO.   You go, I'll wait here.

ROSAURA.   Please come, too.

FLORINDO.   Spare me this, I beg you.

ROSAURA.   So that's the love you show me? Out of two yearning lovers, I still don't know which one I can rely on. (*She leaves*).

SCENA XX

Florindo *e* Colombina.

COLOMBINA. Voglio vedere anch'io...

FLORINDO. Colombina, com'è quest'affare? Si è scoperto lo scrigno?

COLOMBINA. Oh! È un pezzo ch'io sapeva che v'era. Anzi ce ne sono due, uno d'oro e uno d'argento.

FLORINDO. E la signora Rosaura lo sapeva?

COLOMBINA. Certo che lo sapeva.

FLORINDO. E fingeva d'esser miserabile?

COLOMBINA. Io so perché diceva così.

FLORINDO. Perché? Colombina, perché?

COLOMBINA. Per non esser sposata dal signor Lelio.

FLORINDO. Può essere che sia così.

COLOMBINA. È così senz'altro. - Oh se vedeste quant'oro!

FLORINDO. L'avete visto?

COLOMBINA. L'ho veduto certo.

FLORINDO. Ma Trappola, perché ha fatto questa cosa?

COLOMBINA. Credo volesse rubare; ma è stato scoperto dal signor Lelio.

FLORINDO. Andate, andate, guardate se la vostra padrona ha bisogno di niente.

COLOMBINA. Vado, vado; voglio rivedere quell'oro. In verità, quando vedo monete d'oro, fo subito tanto di cuore. (*parte*)

SCENE XX

Florindo *and* Colombina.

COLOMBINA. I want to see this, too.

FLORINDO.   Colombina, what's all this business? Has the coffer been discovered?

COLOMBINA. Oh! I've known of its existence for a long time. Indeed, there are two, one containing gold and the other silver.

FLORINDO. And did signora Rosaura know about them?

COLOMBINA. Of course she knew.

FLORINDO. And she pretended she was poor?

COLOMBINA. I know why she feigned.

FLORINDO. Why? Colombina, why?

COLOMBINA. So as to avoid marrying Lelio.

FLORINDO. Maybe that's the way it is.

COLOMBINA. Yes, without a shadow of doubt. Oh, if you were to see all that gold!

FLORINDO. Have you seen it?

COLOMBINA. Of course I've seen it.

FLORINDO. But why did Trappola do this?

COLOMBINA.   I believe he wanted to steal it, but he was exposed by signor Lelio.

FLORINDO. Go, go and see if your mistress needs you.

COLOMBINA. I'm going, I'm going; I want to see that gold again. In truth, when I see gold coins my heart fills with joy. (*Colombina leaves*).

SCENA XXI

Florindo *solo.*

Questo scrigno scoperto, quest'oro, questa ricchezza della signora Rosaura è un grande accidente che fa variar d'aspetto tutte le cose, e mi mette in necessità di riflettere e di pensare. La ragione, per la quale Lelio mi cedeva Rosaura, era fondata sull'immagine della sua povertà. Adesso Rosaura è ricca, l'avaro non può negarle la dote; onde se io la sposo, non solo privo l'amico della fanciulla, ma gli tolgo una gran fortuna. Il mio amore adesso è colpevole più che mai; interessato, ed io sono in grado di commettere un latrocinio e di commetterlo al più caro amico ch'io abbia. - Che cosa dunque ho da fare? Come! Vi si pensa in questa sorta di cose? - Orsù, Lelio sposi Rosaura, goda la dote, consoli il suo cuore, rimedii ai disordini della sua casa. - Ma come s'ha da rimediare, al mal fatto? Lelio ha rinunciato al padre di Rosaura le sue pretensioni... Non importa, la scrittura non è stracciata e la può sostenere. Ma ho promesso al signor Ottavio di sposare la figlia senza la dote, e ciò è messo in carta... Non importa, la carta non è sottoscritta, non obbliga. La maggior difficoltà consiste in persuadere la signora Rosaura. Ella mi ama, ed essendo ormai l'affare quasi concluso, sarà difficile il quietarla. Due cose vi vogliono per piegare questa fanciulla a sposar il signor Lelio: la prima, farle conoscere il suo dovere; la seconda, farle perdere affatto la speranza di potermi aver per marito. Per la prima, vogliono esser parole; per la seconda, vogliono esser fatti. Animo, coraggio, bisogna fare un'eroica azione. Far tutto per salvar quell'onore che è la vita dell'uomo onesto e il miglior capitale delle persone ben nate.

SCENA XXII

Beatrice *e detto.*

BEATRICE.   Signor Florindo, che fate qui? La casa è in confusione. Non si sentono che strilli, pianti, disperazioni. Venite meco e partiamo.

FLORINDO.   (Ah! Sì, questa è l'occasione di fare un bene per rimediare a due mali.)

SCENE XXI

Florindo *alone.*

The discovery of this coffer, this gold, and Rosaura's wealth is an important incident that alters everything and compels me to reflect further and ponder over this situation again. The reason why Lelio surrendered Rosaura to me was founded on the appearance of her poverty. Rosaura is now wealthy, the miser cannot deny her a dowry. Therefore, if I marry her, not only do I deprive my friend of the young lady, but I would also deny him a great fortune. My love is now more blame-worthy than ever, it becomes materialistic, and I am not able to commit larceny to the disadvantage of the dearest friend I have. What do I do now? What! Who would have thought of such a situation? So, Lelio marries Rosaura, he enjoys the dowry, consoles his heart and sorts out the confusion in his life. But how can we resolve this muddle? Lelio confirmed to Rosaura's father that he would release her from all ties... No matter. The agreement hasn't been torn, so it is still valid. But I have promised signor Ottavio that I would marry his daughter without a dowry, and that's confirmed in writing... No matter. The agreement hasn't been signed, it's not binding. The biggest difficulty lies in persuading signora Rosaura of it. She loves me, and since we have come so close to arranging everthing, it will be difficult to soothe her. Two things will bend her in favour of marrying signor Lelio: the first, is to acquaint her with her duty, the second is to make her abandon all hopes of making me her husband. The first case can be resolved in words, the second, in deeds. Take heart and courage, an heroic act is needed. Everything must be done to save that honour which is the way of life of an honest man, and the best capital of well-born people.

SCENE XXII

Enter **Beatrice.**

BEATRICE.   Signor Florindo, what are you doing here? There is a great commotion in this house. Nothing but screams, crying and desperation. Come with me, let's leave.

FLORINDO.   (*Aside*) Oh yes, this is the opportunity of doing one good turn while curing two evils.

SCENA XXIII

Lelio *e detti.*

LELIO.   Amico, mi rallegro con voi.

FLORINDO.   Con me? Di che mai?

LELIO.   Ho veduto lo scrigno del signor Ottavio: egli ha dell'oro in gran quantità. La signora Rosaura sarà ricca, e voi godrete una sì bella fortuna.

BEATRICE.   (*a Lelio*) Che cosa c'entra il signor Florindo colla signora Rosaura?

FLORINDO.   Signor Lelio, sono degli anni che ci conosciamo. Ma, compatitemi, mi conoscte ancor poco, e fate poca stima di me. - Come? Mi credete capace d'un atto di viltà, di un'azione indegna? No, non sarà mai vero. Florindo è un uomo d'onore. La signora Rosaura è ricca, la signora Rosaura è vostra; vostra è la fanciulla, e vostre saranno le sue ricchezze; e acciò non crediate che finga, acciò non crediate ch'io mi possa pentire; osservate che sicurezza vi do del mio amore, della mia fedeltà. Alla vostra presenza do la mano di sposo alla signora Beatrice.

LELIO.   (*li trattiene*) No, fermatevi.

BEATRICE.   (*a Lelio*) Perché cosa lo volete impedire?

LELIO.   (*a Florindo*) Conosco il sacrificio del vostro cuore; non soffrirò mai che diate la mano a mia zia per un capriccio, per un puntiglio.

BEATRICE.   (*a Lelio*) Mi meraviglio di voi. Egli mi sposa, perché mi ama.

FLORINDO.   Sì, ho conosciuto il merito della signora Beatrice...

LELIO.   (*a Florindo*) Ella può aver del merito, ma son sicuro che non l'amate.

BEATRICE.   Siete un bel temerario, signor nipote!

LELIO.   Scusatemi, signora zia, e disingannatevi: egli ama la signora Rosaura, e quella lettera che vi ha lusingata, non era diretta a voi, ma alla signora Rosaura.

BEATRICE.   (*a Florindo*) Sentite che cosa si va sognando.

SCENE XXIII

Enter **Lelio**.

LELIO. My friend, I congratulate you.

FLORINDO. Me? Whatever for?

LELIO. I've seen signor Ottavio's coffer; he has a great quantity of gold. Signora Rosaura will be rich and you will enjoy her great fortune.

BEATRICE. (*To Lelio*) Whatever connection can signor Florindo and signora Rosaura have?

FLORINDO. Signor Lelio, we've known each other for years. Yet pardon me, you know me very little and have very little esteem for me. - What? Do you consider me capable of a similar act of villainy, of such wretched behaviour? No, that can never be true. Florindo is a man of honour. Signora Rosaura is rich, signora Rosaura is yours; the young lady is yours, and her fortune will be yours. So that you don't think I'm pretending, so that you don't think that I will repent, note what proof I will give you of my love, of my fidelity. In your presence, I give my hand in marriage to signora Beatrice.

LELIO. No, wait. (*Lelio holds Florindo back*).

BEATRICE. (*To Lelio*) Why are you holding him back?

LELIO. (*To Florindo*) I'm aware of the sacrifice of your good heart; I will never allow you to give your hand to my aunt, on a whim, and out of obstinacy.

BEATRICE. (*To Lelio*) I'm surprised at you. He wants to marry me because he loves me.

FLORINDO. Yes, I have learnt to appreciate the merits of signora Beatrice...

LELIO. (*To Florindo*) She may have merits, but I'm sure you don't love her.

BEATRICE. You are a rash fellow, signor nephew!

LELIO. Forgive me, dear aunt, you must be undeceived; he loves signora Rosaura, and that letter which flattered you so much was not addressed to you but to signora Rosaura.

BEATRICE. (*To Florindo*) Whatever will he dream of next?

LELIO. (*a Florindo*) Se siete un uomo d'onore, svelatele la verità.

FLORINDO. Ah! così è, signora mia; sono costretto a confessarlo con mio rossore.

BEATRICE. Come! Vi siete dunque burlato di me?

FLORINDO. Vi domando perdono.

BEATRICE. Perfido! Indegno dell'amor mio! Mi avete detto che eravate cattivo; ma conosco che siete pessimo. Andate, collerico, giocatore, discolo, malcreato, impostore. Non siete degno di me, ed io non so che fare di voi. (*parte*)

SCENA XXIV

Florindo *e* Lelio.

FLORINDO. Ah! Perché mi avete impedito?

LELIO. Amico, voi mi sorprendete, voi m'incantate; conosco l'animo vostro generoso, magnanimo. Ottavio non può più nascondere la sua ricchezza, non può negare alla figlia una bella dote; ella diviene una ricca sposa, e voi sagrificando all'amicizia l'amore...

FLORINDO. Rendovi quella giustizia che meritate. Faccio il mio dovere soltanto...

LELIO. Ma come poss'io sperare che Rosaura, accesa di voi...

FLORINDO. Lasciate l'impegno a me. Secondatemi e non dubitate. Permettetemi una leggera finzione, e ne vedrete l'effetto.

LELIO. Sono nelle vostre mani; da voi può dipendere la mia felicità.

FLORINDO. Non dubitate di questo. Ditemi come andò l'affare dello scrigno?

LELIO. Sono arrivato in tempo. Trappola è fuggito, ed io ho veduto un gran numero di monete d'oro. È arrivato l'avaro, ed a forza ha trascinato lo scrigno nella sua camera. Fra la rabbia e il dolore è caduto due volte. Temeva di essere seguitato. Abbracciava lo scrigno, voleva coprirlo, voleva nasconderlo... Ma ecco la signora Rosaura.

LELIO. (*To Florindo*) If you're a man of honour, tell her the truth.

FLORINDO. Oh! so be it, my lady: I am obliged to confess it with shame.

BEATRICE. What! Have you made a fool of me?

FLORINDO. I ask you for forgiveness.

BEATRICE. Villain! You're unworthy of my love! You told me you were wicked, but now I know you are abominable. Go away, you quick-tempered, gambling, unruly, wretched impostor. You're unworthy of me. I have no need of you. (*She leaves*).

SCENE XXIV

Enter **Florindo** *and* **Lelio**.

FLORINDO. Oh! Why did you hold me back?

LELIO. Friend, you surprise me, you puzzle me. I know you are of a generous and magnanimous nature. Ottavio can no longer hide his riches, he cannot deny his daughter an excellent dowry; she will be a rich bride; and you, by sacrificing love for friendship...

FLORINDO. I pay homage to the justice you deserve. I am simply doing my duty...

LELIO. But how can I hope to have Rosaura now, she is so passionate about you...

FLORINDO. Leave this to me. Believe in me and trust me. Allow me to act with a little falsehood, and you'll see the effect.

LELIO. I'm in your hands, my happiness lies with you.

FLORINDO. Do not doubt this. Tell me all about the coffer.

LELIO. I arrived in the nick of time. Trappola ran off, and I was faced with a large quantity of gold coins. The miser appeared, and hauled the coffer away with force to his room. He fell over twice because of his anger and grief. He was afraid he was being followed. He embraced the coffer, sought to cover it, wanted to hide it... Here comes signora Rosaura.

SCENA ULTIMA

Rosaura *e detti.*

ROSAURA.   Ah! signor Florindo, il mio genitore è nell'ultima disperazione. Temo di lui, temo ch'egli termini i giorni suoi.

FLORINDO.   Spiacemi infinitamente, signora, lo stato deplorabile del signor Ottavio, proveniente dal difetto dell'avarizia. Speriamo ch'egli si ravveda, e che guarisca la malattia dello spirito, che principalmente l'opprime. Ella intanto prenda motivo di consolazione dal vedersi in grado di goder di uno stato comodo, di aver la dote che le conviene, e di consolare colla sua mano il suo sposo, il suo fedelissimo Lelio.

ROSAURA.   Il signor Lelio mio sposo? Fedele? Il signor Lelio che mi ha ceduta?

FLORINDO.   Ah! Signora Rosaura, si può ben perdonare ad un amante un geloso strattagemma per provare il cuore della sua bella.

ROSAURA.   E bene, se il signor Lelio ha operato meco per stratagemma, avrà scoprire le inclinazioni del mio cuore. Egli a voi mi ha ceduta, ed io son vostra.

LELIO.   (Misero me! ha ragione, non saprei che rispondere.)

FLORINDO.   Signora, voi non potete esser mia, se io non posso esser vostro.

ROSAURA.   E perché non potete voi esser mio?

FLORINDO.   Perché ho già sposata la signora Beatrice.

ROSAURA.   (*con ammirazione*) Sposata!

FLORINDO.   Così è.

LELIO.   (Capisco il fine dell'invenzioni dell'amico.)

ROSAURA.   (Oh cieli!) E quando le avete dato la mano?

FLORINDO.   Pochi momenti sono; allora quando ho saputo il cambiamento della vostra fortuna. Io ero pronto a sposarvi, quando Lelio non poteva farlo. L'amore che ha per voi quest'uomo, tengo dell'amor vostro, mi aveva indotto a sagrificarmi...

ROSAURA.   Come! A sagrificarvi?

LAST SCENE

Enter **Rosaura**.

ROSAURA.   Oh! signor Florindo, my father is in the utmost despair. I fear for him, I fear he may put an end to his days.

FLORINDO.   I am infinitely sorry, signora. Signor Ottavio's deplorable state is due to his weakness, his avarice. I hope he mends his ways, and that he recovers from that illness of the spirit which weighs him down so. Meanwhile, take consolation in the fact that you will enjoy a comfortable life, you will have an adequate dowry and, you can console your most faithful Lelio with your hand in marriage.

ROSAURA.   Signor Lelio, my husband? Faithful? Signor Lelio who renounced me!

FLORINDO.   Oh! Signora Rosaura, it is easy to forgive a lover for resorting to a shrewd stratagem in order to put his sweetheart to the test.

ROSAURA.   So good, if signor Lelio put this stratagem into action, he will have discovered where my heart lies. He surrendered me to you, and I am yours.

LELIO.   (*Aside*) Poor me! She's right. I don't know what to answer.

FLORINDO.   Signora, you cannot be mine, if I cannot be yours.

ROSAURA.   And why can't you be mine?

FLORINDO.   Because I have already married signora Beatrice.

ROSAURA.   (*With surprise*). Married!

FLORINDO.   That's how it is.

LELIO.   (*Aside*) I now understand the end of my friend's lies.

ROSAURA.   (*Aside*) Oh, heavens. (*To Florindo*) And when did you give her your hand?

FLORINDO.   A few moments ago, when I found out about the change in your fortune. I was ready to marry you when Lelio could not. The worthy love this man has for you, has induced me to this sacrifice...

ROSAURA.   What! To sacrifice yourself?

FLORINDO. (Resisti, o mio cuore. Soffri questa pena mortale.) Sì, è vero, voi meritate di essere amata... la stima ch'io faceva del vostro merito... Ma che serve il più dilungarsi? Ho sposata la signora Beatrice. Voi di me non potete più lusingarvi.

ROSAURA. Basta così, signore. Non rimproverate più oltre la mia debolezza. Lo dico in faccia del signor Lelio: ho avuto della stima di voi, ma voi non l'avete mai meritata.

LELIO. (Ah! Sì, l'amor proprio ha trionfato della passione.)

FLORINDO. (Oh dolorosissima sofferenza! Facciasi l'estremo sforzo della più perfetta amicizia.) Signora, voi mi mortificate a ragione. Ma parmi ancora, malgrado ai vostri disprezzi, che abbiate della tenerezza per me.

ROSAURA. Io della tenerezza per voi? La vostra vanità vi seduce: per maggiormente disingannarvi, eccomi pronta a dar la mano di sposa...

LELIO. Ah! Sì, la mia adorata Rosaura.

ROSAURA. (a Lelio) Non ho ancor detto di darla a voi.

LELIO. E a chi dunque, mia cara?

FLORINDO. (a Rosaura) Deh! Credetemi. Confrontate la verità: non vi lusingate di me.

ROSAURA. (a Florindo) No, ingrato, non mi lusingo di voi. (a Lelio) Signor Lelio, eccovi la mia mano. Sappiatevi meritar il mio cuore.

LELIO. Sì, cara sposa, procurerò d'esser degno del vostro amore.

FLORINDO. Sia ringraziato il cielo. Ecco terminato un affare che mi ha costato finor tanti spasimi, e che non lascerà per qualche tempo di tormentarmi. Il cielo vi feliciti tutti e due. Partirò immediatamente per la mia patria.

ROSAURA. Partirete contento colla vostra amabile sposa.

FLORINDO. Ah! signora Rosaura, disingannatevi...

LELIO. L'amico non ha sposata mia zia...

FLORINDO. (*Aside*) Oh, my heart, resist; suffer this mortal pain. *(To Rosaura)* Yes, it's true, you deserve to be loved... The esteem that I had towards you... But what is the use in dwelling upon this? I have married signora Beatrice. You can no longer hope...

ROSAURA. That's enough, signore. Do not reprove me further for my weakness. I'll say this before signor Lelio. I have had esteem for you, but you have never deserved it.

LELIO. (*Aside*) Ah! Yes, self-love has triumphed over passion.

FLORINDO. (*Aside*) Oh, most painful suffering! I must make a last effort for this most perfect friendship! *(To Rosaura)* Signora, you mortify me with reason. But it seems to me that notwithstanding your contempt, you still feel some tenderness for me.

ROSAURA. I, tenderness for you? Your vanity flatters you needlessly. To disenchant you completely, I am ready to give my hand in marriage.

LELIO. Oh! Yes, my adorable Rosaura.

ROSAURA. (*To Lelio*) I didn't say, I would give it to you.

LELIO. To whom then, my dear?

FLORINDO. (*To Rosaura*) Oh! Take heed; look truth in the face and don't harbour any hopes for me.

ROSAURA. (*To Florindo*) No, ungrateful one, I do not harbour any hopes for you.. *(To Lelio)* Signor Lelio, here is my hand. Learn to deserve my heart.

LELIO. Yes, dear bride; I will endeavour to deserve your love.

FLORINDO. Thank heavens. Here ends a matter which has cost me many a pang and will not cease to torment me for some time. Heaven look down on both of you. I will leave immediately for home.

ROSAURA. You go off happily with your beloved wife.

FLORINDO. Oh! Signora Rosaura be undeceived...

LELIO. My friend has not married my aunt...

FLORINDO.   Perdonate l'inganno alla più tenera, alla più costante amicizia.

ROSAURA.   Oh cieli! Non credeva si dèsse al mondo una sì rara, una sì perfetta virtù. Vi ammiro, signor Florindo, vi ammiro, e non vi condanno. Spero il mio matrimonio felice, come opera di un cuor virtuoso; voi m'insegnate a superar le passioni; prometto di trionfarne col vostro esempio. Il signor Lelio non avrà a dolersi di me.

LELIO.   Voi sarete la mia vera felicità.

FLORINDO.   Ed io trovo ricompensate tutte le pene sofferte, dal contento della vostra perfetta unione.

FINE DELLA COMMEDIA

FLORINDO. Forgive this deception in the name of the most tender, the most constant friendship.

ROSAURA. Oh, heavens! I would not have believed that such rare and perfect virtue existed in the world. I admire you signor Florindo, I admire you, and I do not condemn you. I hope my marriage is as happy as the workings of a virtuous heart. You have taught me to overcome passion, and I promise to triumph over it with your example. Signor Lelio will not have reason to complain about me.

LELIO. You will be my true happiness.

FLORINDO. And for all the pain I have suffered, I am justly rewarded by the happiness of your perfect union.

THE END

Sparkling Books

We publish:

Crime, mystery, thriller, suspense, horror and romance/women's fiction
Non-fiction

All titles are also available as e-books from your e-book retailer.

For current list of titles and direct links to stores visit:
www.sparklingbooks.com

@SparklingBooks

www.ingramcontent.com/pod-product-compliance
Lightning Source LLC
Chambersburg PA
CBHW030346180626
46812CB00007B/2779